ACROSS
THE
PROMISED
LANDS

神／的
孩子
都旅行

蒯乐昊　主编

北京联合出版公司
Beijing United Publishing Co.,Ltd.

Contents
目　录

推荐序 / 和神的孩子去旅行

《南方人物周刊》的老友们几年前告诉我，要创办一本《ACROSS穿越》杂志。除了礼节上表示祝贺之外，我当时对创办杂志的前景其实是存疑的，只是基于礼貌，没有直言快语明说而已。

不料，杂志不仅办了，活到今天，而且活得还不错。最近徐列给我来信说，《ACROSS穿越》即将与中国国家地理·图书合作出版一本新书——《神的孩子都旅行》，从杂志"穿越"到书，又是值得鼓掌的事。

我曾经在电视台参与并主持过一档《走读大中华》的节目，这个节目给了我走遍神州大地的机缘。可惜我走的是"大中华"，却无法走"大世界"。

这样的遗憾，只有留待自己"真正退休"之后，利用余生余年，再去弥补吧！但在尚未圆梦之前，也许《ACROSS穿越》能多少"聊补无米之炊"，解解渴，解解馋。

《神的孩子都旅行》抓取的是这几年《ACROSS穿越》封面故事中具有神秘意味的一些目的地，改头换面，以飨读者。你可以去不丹体验幸福，沿着漫长车轨去感受印度，到墨西哥去一访失落的文明，到缅甸和印度尼西亚去一探佛与人的和谐共存。还有阿尔及利亚、古巴和南非，那里的神秘与历史余绪丝丝入扣……值得一提的是，这些内容，都是记者与摄影师历时数周深入不同国家进行体验、采访、考察，最终奉献给读者的旅行记录。它们与众不同，带着思索者的基因，而不只是为了目睹奇观的浮光掠影。

从香港直飞北京的航程，两个或两个半小时，在这干巴巴的旅途上，读完一本书是多么惬意的精神享受。《神的孩子都旅行》十分贴合飞机上这一"身手被缚、心思飘扬"的阅读场景。如果你跟我一样肉身困于当下，不如也为心灵准备一次远行吧。

杨锦麟

甲午岁末

序 / 穿越至世界的每一个角落

在印度最好的公共图书馆——加尔各答国立图书馆，乳白色的鸽子扑扇着翅膀，在厚重严峻的书柜之间飞来飞去，此番景象，让这座图书馆瞬间拥有了霍格沃兹魔法学校般的魔力。戴着眼镜的图书管理员在纸条上写下P.Thankappan Nair这个名字，他告诉我们的记者，要深刻了解加尔各答这座命运多舛的城市，民间研究者Nair先生是他们必须拜访的第一个人，也是最后一个人。

"他家里关于这方面的史料胜过印度任何图书馆，最后他把这些书全部捐给了政府。有一次驻印领事馆想搞清这座城市中央邮局顶上的大钟是谁建造的，这个问题难倒了所有人，但Nair先生半小时后就派人送来了答案，那是一份旧报纸，上面有关于邮局落成当天的新闻报道，写得一清二楚。"图书管理员接着提醒道，Nair先生几乎不是这个时代的人，他不用电话、手机、电脑……要找到他基本靠人品，以及神的眷顾，"记住千万别在他面前流露出任何商业味，他会叫你滚蛋。"

那是2011年3月底的印度，闷热如常，绕过大半个中国，一本名叫《ACROSS穿越》的杂志正在春天里默默酝酿。感谢神明以及远在星辰之外的运气，我们的记者顺利通过了怪叔叔Nair先生的阅人门槛，这位加尔各答活着的百科全书，欣然用他家那台已有五十多年历史的斑驳老式打字机，打出了对《ACROSS穿越》的良好祝愿。

一个印度的老者，用半个世纪前的书写方式，寄语一本尚未到来的杂志——还有比这更符合穿越精神的吗？

要说清楚为什么会有《ACROSS穿越》这本读物，其实更应该说清楚人类为什么要旅行，我曾试图用想象力为人类历史上第一个旅行家造像却总是在细节上败下阵来：他或者她，到底该是一个被生存所迫的被动迁徙者？一个热爱冒险的游手好闲之辈？还是一个雄才大略的野心家？在未知即代表危险的年代，在人类匍匐的幼年期，是什么让他或者她相信，除了脚下结结实实踏着的这方土地，遥远的别处更有风景与伟业？是什么让他们在亲人道别的哭泣声中迈开了第一步，并从此越走越远？

历史学家、人类学者、考古以及生物DNA研究者回答这些问题远比我回答得更好，美国的Discovery频道甚至模拟了史前人类"夏娃"的样貌，她以及她的后代为了寻找更适宜的栖息地，离开非洲走遍世界，到处落地生根，开花结果。早在170万年前就开始旅程的东非直立人是目前学界普遍达成共识的人类共同祖先，从这个意义上说，人的历史首先是一部迁徙史，是行走让人类得以繁衍存续，在行走中文明得以孕育传递。

即使不把目光放到那么远，我们也可以看到一些旅行者的名字在历史的缝隙中闪烁生辉，比如库克船长，比如麦哲伦，比如哥伦布，比如马可·波罗（这位夸夸其谈的意大利倒爷，虽然有人质疑他是否到过中国，但起码没人怀疑他至少到过波斯），比如中国的郑和——英国退休海军军官加文·孟席斯（Gavin Menzies）花了14年追踪郑和船队的航线，在访遍120个国家后宣布了他的惊人观点：中国人先于哥伦布70年到达美洲大陆，郑和是世界环球航行第一人。这一观点至今未能被西方学界接受。又比如徐霞客，他简直是中国背包族的老祖宗，在没有任何资助的情况下，肩挑简单的行李"朝游碧海，暮宿苍梧"，"历九州而登五岳"。他的游记，不单是优美的文章，更是详实的水文、地质、生物、气候等科考笔记。在旅行的背面，折射光芒的是人类的好奇心、求知欲和探索精神。

从旅行的历史，也可以看出人在面对世界时的态度变化，基本是从敬畏到傲慢再到敬畏的一条漫长的回归曲线。最初的人类旅行能力很低，只能借助简单工具和天时地利来完成行走，比如生活在亚洲的"智人"穿越寒冷的西伯利亚极地，又穿越白令海峡，最终登上美洲。人类学家相信这种惊人的穿越，是靠了冰川期的来临，海水结冰，亚洲的西伯利亚和北美的阿拉斯加被连成了一整块。

但人类不断成长进步，他们学会了储存食物、制造船只、辨别方向、绘制地图、发明仪器……科技与文明的进步让他们欣喜，他们认识到自己的力量与潜能，一个巨大的新世界正等待着他们，所以他们无法不相信，自己不是这个世界的主宰。他们急需开疆辟壤：航海家和殖民者最初的出航，带有明显的利益霸图，即使是因主之名远征的传教士，也不免携带着强烈的文化输出的优越感。哥伦布一直到死都以为自己到达的"新大陆"是印度，武断地称当地土著为"印第安人"，而美洲原住民却早在4万年前就迁居这里了。大航海时代开启之后，这种掠夺式的旅行渗透到了全球许多地方。在火地岛，其土著居民亚马纳人被英国殖民者大肆抓捕，带回英国作为异类关在笼子里展出。殖民者随身携带了火地岛上5000年来见所未见的病菌，使还来不及形成免疫力的原住民大批病死。

相比之下，比哥伦布们晚出生一百多年的徐霞客对旅行的爱好是多么朴素、自发、可持续发展啊。人类必须走过莽撞的青壮年期，开始学习用一种更为平和的方式与自然相处，在希望一切还不太晚的人类暮年到来之前，与这个世界达成和解。我们依然爱旅行，但我们已经明确地知道，眼前这个广袤而丰美的世界，并非我们的囊中之物。生命太短，而宇宙之大、品类之盛，谁也无法占有它，我们只是路过它。并在俯仰之间，内心若有所得。

朋友向我推荐过一位旅行作者，他在若干年前查出癌症，被医生判了死刑。得知病情后他马上变卖家产周游世界，他说，既然生命的长度已经被限定了，那么我就拓宽其广度吧。

其实生命的长度不必非要患病才被限定，自出生起，人的寿数就有了上限；拓宽生命广度的方法也有很多，旅行只是其中一种。全球最受欢迎的旅行指南书《Lonely Planet》曾有一个企划项目，标语就叫"所以我旅行"。世界上许多驴友，乐此不疲地填写着这道填空题的前半句。旅行的理由总有千万种，这个理由，你未必需要提供给我，只要足够说服自己。

　　有个关于灵修的寓言：某地的修行者总是行至半路就要停下脚步。弟子问，为何？修行者答，脚步走得太快，灵魂会跟不上。这个故事套用到旅行上同样适合：富起来的国人迫切希望涌出去看一看大千世界，但是类似欧洲十日游、非洲七日游这样的行走，又何尝等得及让你的精神细细品味这个多元以及多维的时空？

　　这些年，杂志积累了不少优秀的作品。我们试图整理这些好的内容，集结成书出版，于是形成了这第一本书——《神的孩子都旅行》。我们从杂志历年的封面故事中精选出八个，试图让大家感受我们的记者"穿越"过的每一个地方。每个人都是自己的神，而在世界的另一端，往往会开启完全不同的一面。那里，或许你能看到自己的过往、现在与未来。

　　台湾歌手陈绮贞有一首歌叫《旅行的意义》，曲风清淡，几乎没有调子，歌词是一个小女生反反复复幽怨地推测，她的情人为什么动不动就要出门远行，直唱到最后她才终于悟了："你离开我，就是旅行的意义。"——她只说对了一小半。旅行的意义，既在于离开，也在于到达，还在于中途那漫长的历程。

蒯乐昊
《ACROSS穿越》主编
2014年11月

众 生 之 路 口

从未

我们知道自己

生命永不止息

因 为

都指向一个更伟岸的存在

和历史的纷纷扬扬

无数动荡、悲伤

被 遗弃

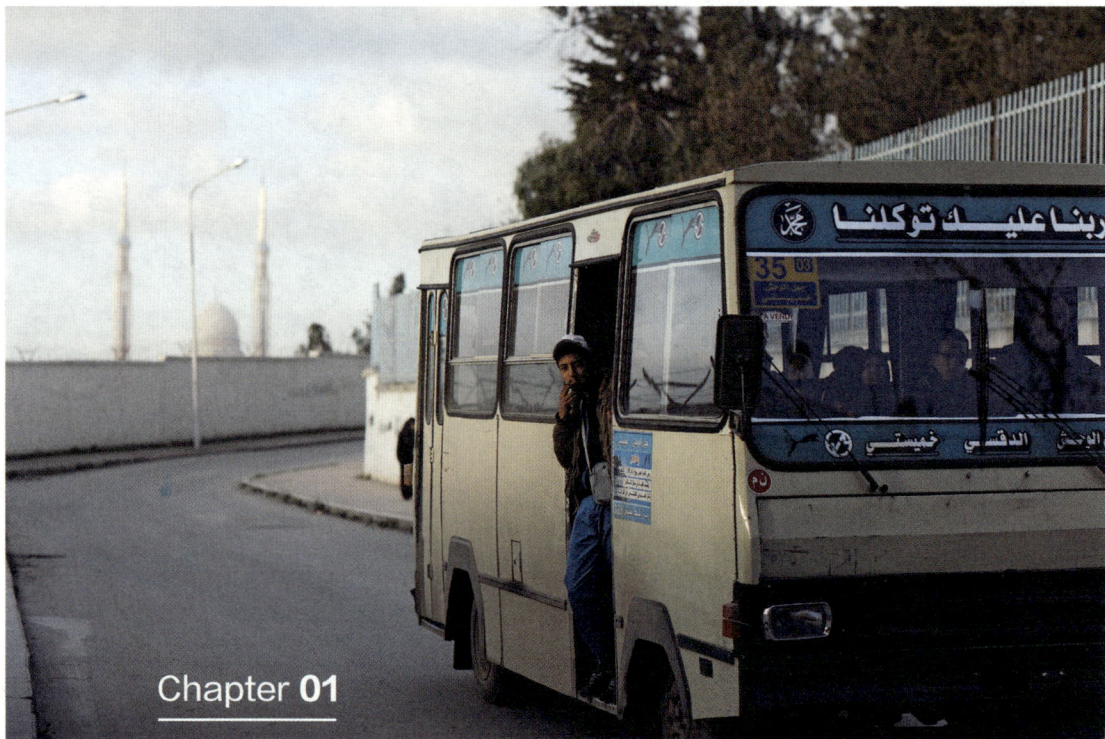

文 _ 吴琦

ALGERIA

阿尔及利亚
知天命之年

到 2012 年，阿尔及利亚独立正好 50 年，作为一个现代
民族国家，它总算走到了知天命之年。

一些城市，例如巴黎、布拉格，甚至佛罗伦萨，都封闭于自身，因此形成了它们自己的世界。但是，跟某些幸运的地方一样，阿尔及尔面对大海，却向天空开放，如一张嘴或一道伤口……每一条街的拐角都向着大海，太阳具有某种分量，种族的美。

——阿尔贝·加缪（Albert Camus）

从飞机上看，地中海南岸的海水像被劈成了两半，一半深蓝，一半浅蓝。

落地之后，走到海边，才发现原来并非那样分明，深浅蓝绿混杂，斑驳一片。

阿尔及利亚？阿尔巴尼亚？埃塞俄比亚？人们很难记住这个目的地的名字，好像进入了一个知识的死角，虽然还残存着第三世界兄弟的记忆，但早已分不清谁是谁。

阿尔及利亚人也有自知之明，总问我们干吗来了，问中国人对阿尔及利亚有什么印象。我代表不了全体中国人，只好借用一个朋友的回答：齐达内。他们会立刻纠正我："不对，齐达内是为法国踢球的。"

这个先后迎来迦太基人、罗马人、阿拉伯人、土耳其人和法国人的国度，从来就不是世界的中心。

头巾的漩涡

在阿尔及尔（Algiers）的第一觉是被吵醒的。天刚刚亮，便传来一阵声响，把人推至半梦半醒。这是哪儿？这是什么？稍稍清醒之后，确认那声响不是某种神秘体验，才爬起来，走到阳台观望。一切都是黄色的，蒙着微弱的天光，路灯尚未熄灭，海鸥和鸽子飞来，把黑色的夜衔走，把新的一天交给白色的清真寺。

对，这是一个伊斯兰国家，清晨的飘渺之音是阿訇的召唤，最早于公元640年响起——伊斯兰教第三任哈里发派出军队，开始入侵马格里布大陆。南部的柏柏尔游牧部落也在此时建立起自己的穆拉比特王朝和穆瓦希德王朝，对抗阿拉伯人的渗透。阿拉伯人的征服持续了数百年，在他们的麾下，渐渐汇聚起一些被打败的柏柏尔人，他们加入了掠夺。

公元11世纪后，柏柏尔帝国最终完成了伊斯兰化。在君士坦丁

年轻男人很是热情，常常大呼小叫把镜头往自己身上引

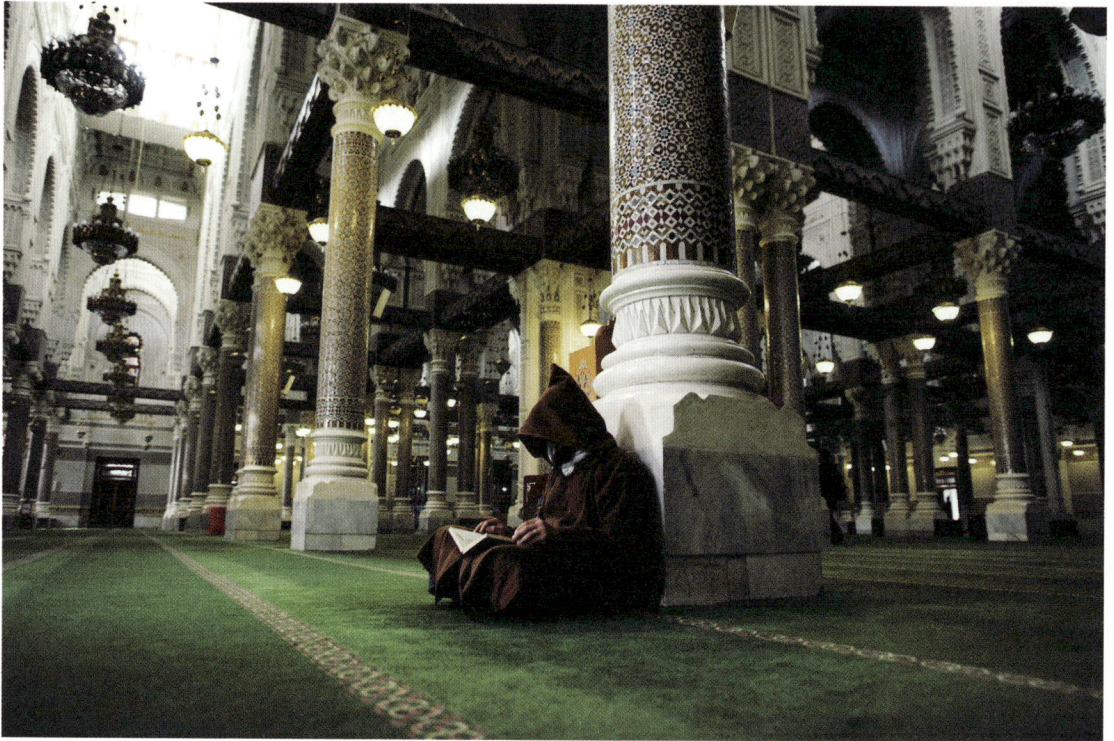

大清真寺 Emir Abdelkader

（Constantine），我终于得到准许进入一座清真寺——Mosque Aex。它是阿尔及利亚国内最大的清真寺，也是一所教会学校。沿途的人似乎都在朝它行进，三五成群，头巾滤过风，长袍扫着地上的灰尘。

在里面，有人诵经，有人祷告，也有人发呆，或者聚集在电脑前，好像在讨论别的事情。同行的女士并不是穆斯林，也得在门口借一条头巾戴上，才能进去。

旅行者的天性之一，是张大眼睛在他乡寻找不同的生活，这一点在伊斯兰国家最好实现，因为宗教改造着建筑、饮食和衣着，所见的一切都和我们太不一样。比如女人的头巾，满大街飘舞。年长的老妇只露出一双凌厉的眼，年轻一点的以面示人，稍显温顺和活力，也有很多不戴头巾的女性，自信地袒露着肌肤，只用墨镜挡住一双骄傲的眼睛。

在这里不能随便给女性拍照，司机法希德反复教导我们："Police, no! Women, no!"（警察和女人，千万不能拍！）但实际上有不少女孩主

动走进摄影师的镜头。年轻男人更是热情，常常大呼小叫把镜头往自己身
上引。有个小孩见了我，飞一般地冲过来，叫嚷着，我一把抱住他，赶紧
合影。孩子的父亲在一边笑，任凭小男孩放肆，当我示意要给他们全家留
一张合影时，他却摇头拒绝，瞅了瞅旁边的妻子和怀里的女儿。

而在他的周围，戴头巾的少女正和异国男子搭讪，不戴头巾的姑娘直
接献上了法式贴面礼。

伊斯兰教对此地的统领已经超过10个世纪，阿尔及利亚的老房子们暴
露了年龄——墙上有大片的水渍和翻起的墙皮，素面朝天，以极其刁钻的
角度反射阳光。人们把衣架支在窗外，晾着成片的长袍、汗衫、地毯和丝
巾，构成最新的风景。而清真寺传来的宣礼声，一遍又一遍，重申着这些
哑掉的老房子应有的灵魂。

待过几天之后，晨祷终于不再把我吵醒。

不祥的礼物

宗教的早晨从祷告开始，俗世的一天还要稍等片刻。

阿尔及尔建在海边，地势由海洋向陆地逐渐升高，形成一个空旷的坡地。七八点钟，空中便会响起敲打声，建筑工地开始干活，叮叮哐哐的动静远比阿訇的呼喊要清晰。学校里的小孩叽叽喳喳地闹起来，马路上开始了无尽地堵车——因为油价便宜，这里汽车成患。

后来辗转去阿尔及利亚的其他城市，才慢慢习惯了这个国家的节奏，龟速的行车和无所事事的人们。去之前就听说有许多失业或半失业的男人，每天盯着海发呆，好像世界的漏网之鱼。后来得见，城里果然四处都是闲人，他们站在海边，或是在其他的街巷、小店门口，甚至随便靠着一条栏杆、一辆车的屁股，也能静止不动，有如雕塑，杀死时间。

可惜北非人的面相不太柔和，三五成群站在街边难免有些骇人，不能单纯地当作街景。他们的脸上有一种不太成功的混合，是白种人，却又不完全西式，多了一些粗砺。男人的头发又短又软，用发蜡打出光泽，发型却千篇一律，实在要追求一点个性，只能从中间翘起，抓成莫西干头。留长发的男子，那绝对是异类。

人擅长撒谎，但城市不会，只要你有足够的时间留心观察那些混血的脸、雷诺轿车、长棍面包和法语单词，就能发现这里的法式风情和高耸的清真寺一样难以掩饰。独立战争的起点——塞蒂夫（Setif）城内至今仍遗留着80％的法式房屋，而壮观的君士坦丁是一座空中城市，在岩石中开凿，由高桥、缆车、盘山公路在空中连接起来，这些都是法国人留下的军事设施。

19世纪30年代，法国人开始染指阿尔及利亚，不断派出军官探查实情，最初的结论是"占领这个地区只需少量的费用和人员，没什么前途"。即使占领之后，还有殖民总督认为，阿尔及利亚是"复辟王朝留给法国的一个不祥的礼物"。

反抗和侵略几乎同时发生，持续百年。伊斯兰教领袖阿卜杜勒·卡迪尔成功地打败了法国人，并且签下条约，夺回部分领土和主权。

阿卜杜勒·卡迪尔支撑不久，很快再次陷入包围，又被邻居摩洛哥出卖，最终被俘，监禁四年，晚年遁回了宗教的世界。恩格斯曾称颂他是阿尔及利亚一位"孜孜不倦并且大胆无畏的领袖"，如今他化作雕像和镶嵌

枯萎的不知疲倦的草和风干的蒲公英还探着头，有力地摇曳着；矮一点的植物也活着，比如黄色、紫色的小花；另一种盛开着四瓣白叶的花朵，仿佛一方十字架，听着远方的声音从旁边的市镇飘来

首都满是破旧的白色公寓楼。家家
户户阳台前的卫星天线，挤成了一
堆壮观的大锅，翘首望着海那边的
法国

画，刻进了阿尔及尔的身体。

暗涌已久的民族解放运动在二战结束时最后爆发。45岁的纳吉在一家意大利石油和天然气公司做工程师，现在还有很多亲人留在法国。他说，"二战结束，对全世界来说都是最好的消息，但二战结束的那一天，对阿尔及利亚来说，却是最糟糕的一天。"那一天，法军在塞蒂夫主街射杀了一个阿尔及利亚年轻人，开始血洗阿尔及尔。司机带我去看了那个凶杀现场，无非是一个普通的路口，历史却在这里拐弯，留下一张烈士的头像印在墙上。

法属阿尔及利亚最著名的儿子、作家加缪曾经专程回到阿尔及尔，试图阻止血腥的镇压与反抗——他反对一切以牺牲平民为代价的暴力，但当他到来，阿尔及尔的人们在场外高喊："把加缪送上绞架！"他以前的挚友——哲学家萨特也站在了他的对立面，针对殖民地问题，萨特说："除了武力解决，别无选择。"此时，两人已经在暴力、革命、共产主义等议题上公开决裂了四年。

法国人在书写阿尔及利亚的历史书中努力维持自己的尊严，但也不得不承认："阿尔及利亚的独立，似乎使法国人只能在进棺材和提着旅行箱滚蛋之间作出选择。"

1962年7月3日，法国总统戴高乐发起的投票结果昭告天下，阿尔及利亚获得独立，结束了长达132年的殖民统治。萨特为之欢呼："那个埋藏在我们每个人心中的殖民者正被狠狠地连根拔起。"此时加缪已死，法属阿尔及利亚也寿终正寝。一百万法裔阿尔及利亚人逃往法国和西班牙，毁掉了所有带不走的东西。

到2012年，阿尔及利亚独立正好50年，作为一个现代民族国家，它总算走到了知天命之年。

在阿尔及尔，城市的制高点让给了两个建筑，一个是当地最奢侈的五星级酒店，另一个就是民族解放战争纪念碑。某天突然在街上看到一辆公交车，车上贴着法国旅游的广告，上面竟然写着：Keep in touch（保持联系）。

司机法希德说："法国人不是什么好家伙，他们有技术，但非洲人没有。"他在德国求学三年，最终选择回国，回到兄弟和妻子身边。尽管他知道，"这里不是最好的国家，也不是最好的城市"。

我们站在非洲圣母教堂旁边聊天，这里也是阿尔及尔城内的一块高地，可以看到清真寺，看到黑脚法国人的聚居地，也可以看到海。下到海边坐船，只要一小时就能到马赛，见到阿尔及利亚曾经兵戎相见的对手。

问一个年轻人怎么看待那场代价惨烈的战争，他说："我们认为我们赢了，代表正义，可是在法国人的教科书里，这场战争就写了一句话而已。"

"如果没有法国人，你们会生活得更好吗？"

"那只是如果而已，没有人知道真的如此会发生什么。"他抽了一口大麻，吐出呛人的烟圈。

枯萎的废墟

1878年，法国的葡萄园因虫害而趋于凋零，阿尔及利亚成了替补，开始大量种植葡萄。而在近两千年前，罗马人曾命令这里的土地长出燕麦和橄榄树。

殖民地的历史总是一个悲剧连着另一个悲剧。在罗马人之前是迦太基人的统治，在罗马人之后，西班牙人和土耳其人的铁蹄又接踵而来——"阿尔及尔这个海盗出没的都市，在紧紧束缚着它的高大城墙里乱哄哄地生活着"。15世纪时，西班牙人在阿尔及尔城外建造了许多用于瞭望和炮击的小型堡垒，阿尔及利亚人没有能力摧毁他们，一度把四个来自咸海之滨的土耳其海盗当作救星，其中的首领阿鲁杰想要凭借自己的海上实力成为阿尔及尔的苏丹，最终在陆战中受挫，想要从奥兰（Oran）逃回大海，却殒命沙场。

阿尔及利亚是一个复杂的战场，南部是沙漠，北部是海，如今各有各的浪漫。在海和沙漠之间，是路边无尽的旷野，这个国家满是褶皱沟坎的肉体——村庄、麦田、草地、牛羊、赤裸的岩石、弯曲狭窄的路、高低起伏的雪山——各种排列组合，一点都不诗意。在十字路口等车的男人，向来往的车辆吹响口哨，偶有两个少年，在午后撑开店铺的门面。

争夺阿尔及利亚的血腥故事，多数就这样没入生活的灰烬，或者成为当地人郊游的地点。比如法国城和土耳其行宫，总统将阿尔及尔郊外的那一大片殖民遗迹改建成公园、网球场、宾馆和洗浴中心，沙滩开放，游艇进驻，鸽子飞来，用以忘记法兰西。

古罗马的废墟表面上得到了最大的礼遇，被辟为文物保护地，其实却人迹罕至。在杰米拉（Djemila）和提姆加德（Timgad），漫山都是石头

在拥堵不堪的阿尔及尔，人们将对于速度的想象和实践，全抛向星罗棋布的足球场

位于君士坦丁的Mosque Aex是阿尔
及利亚国内最大的清真寺，全城的
人似乎都在朝它行进

垒砌的城邦和冬季的枯树相依为命，就连天上也只有寥寥几缕白云，到中午才多了起来。枯萎的不知疲倦的草和风干的蒲公英还探着头，有力地摇曳，矮一点的植物也活着，比如黄色、紫色的小花，以及另一种盛开着四瓣白叶的花朵，仿佛一片十字架，听着阿訇的声音从旁边的市镇飘来。

殊不知在杰米拉，古罗马喷泉和市场里用作度量衡的桌子是目前全世界唯一的现存实物。方圆几里就只有我们几个人，司机突然来了表演欲，把围巾往后一拨，冲我们喊道："嘿，客官要来点土豆吗？"

只有少数本地人在这里打发时间，坐在废墟上发呆、看报、谈情说爱。这些僻静的地方倒是情侣们的好去处，他们挽着胳膊，并不避嫌。我终于看到有姑娘扎着活泼的马尾，撒娇地喊着前面的恋人。

海边的蒂巴萨（Tipasa）保存不及前两者，人气却更旺，距离阿尔及尔只有70千米。因为海浪的侵蚀，石头上到处是坑洞和从洞里长出的草。加缪曾经最喜欢在此散步——如今的人气恐怕并不是因为他，阿尔及利亚人把法国人赶走之际，也赶走了加缪的幽灵。

"春天，蒂巴萨住满了神祇，它们说着话儿，在阳光和苦艾的气味中，在披挂着银甲的大海上，在深蓝色的天空中，在铺满了鲜花的废墟上，在沸滚于乱石堆里的光亮中。"加缪正是在这里酝酿了被萨特称作"地中海式"的理想主义，这也埋下了两人日后争论的伏笔——萨特是哲学家，他的存在主义是沉浸到时代当中，以"荒谬"为起点，追问人类如何从野蛮抵达意义，他后期坚持认为，暴力和共产主义是通往实质性变革的必经之路；而加缪是艺术家，他坚持道德原则，"无节制地爱"，难以认同任何重要的变革力量，在他这里，"荒谬"是无法超越的生命经验，是人类的全部生活，"并非所有人都能与历史一致"。

加缪与萨特的分歧是20世纪知识界的一段传奇故事。至今，人类思想的进展依然停留在两人分手的路口，并未走得更远。

驶离这些废墟，往山上去。前一阵才下过大雪，我们决定去高处寻它。有的地表已经露出裸石，有的雪却还紧紧凑在一起，出汗一样往外沁出极细的水珠，在别处流出细水，汇到路边，沿着大路一路向前。阳光掉在里面，反射出银色的光，跟着车子的速度狂奔如梭。几道水流一经汇合，便有了水势，混着泥巴，变得混浊，遇到山涧，就跳下去。直到成为小河，才又重新平缓、清澈起来。这些山上来水的流向正是罗马古城，流进那里的厕所，供人们洗手；流进那里的澡堂，供人们桑拿。或者也会流进昔日保卫故土的战士们的嘴里——中部的阿特拉斯山区是柏柏尔人的大本营，他们无数次从山上冲杀下来，对抗阿拉伯人、土耳其人和法国人，令对手十分头痛。

如今的柏柏尔人依然惯于穿着沙漠色的长袍，脸如尘土，背影佝偻，把身体埋进斗篷。他们是最沉默的路人，低头走过，几乎很少见到他们交谈。最初法国人看到他们，也十分鄙夷，称他们是"赶骆驼的怪人，喝骆驼的奶，吃骆驼肉干，既不知道谷物，也不知道水果，更不知道蔬菜或鱼"。

我是一个糟糕的搭讪者，这些沉默而威严的人才是这里最初的主人。

乖男孩的微笑

入乡随俗，在阿尔及利亚旅行，必须学会和本地人一样懂得等待。飞机晚点，汽车堵车，不能着急。堵车的另一个原因是警察——满城的警察，尤其在首都阿尔及尔。当地人笑称，每三个阿尔及尔人就配备一个警察。

警察会在道路中间设置路障，把双车道截成单车道，车辆经过时必须排队缓行，把车窗摇下。有的路边还有哨所，一栋简陋的水泥房，开几个窗子，足够架上一挺机枪。警察们穿着制服，手里拿着测速器，像某种外星生物，给阿尔及尔上紧发条。

每次看到他们，司机都会大喊："阿里巴巴！"这是我们最常听到的阿拉伯词语，意思是强盗、窃贼。每次进入旧城卡斯巴（Casbah），也会不断有人冲我们示意，阿里巴巴……阿里巴巴……不知是在提醒我们提防危险，还是把我们指认为危险本身。

首都以外就不再有太多警察，但车行速度也不快。很多城际道路密集地铺着缓冲带，让司机无法加速——其中很多路段都是中国援建。

并不是所有人都憎恨警察，有人就说："我们过去太糟糕了，战争、贫穷，我们尝过了那样的滋味，所以都得向未来看。我们是个富裕的国家，不像突尼斯，还是一步一步来，不然像他们一样，要付出代价。"

完成了一天的行程回到酒店，21岁的哈桑开着一辆旧雷诺来接我们。10点钟左右，阿尔及尔已经昏昏欲睡，连路灯都垂着头，无神地照着街上最后的游荡者。他还特意带了他的朋友莫汉，一个罕见的留着爆炸头的男孩，头发是自然卷。

车里放着电台的节目，是当地的Rai音乐——一种民俗与现代音乐混血

海边的蒂巴萨是人气最旺的古罗马遗址，老人在老树上雕刻，加缪曾经最喜欢在此散步——如今的人气恐怕并不是因为他，阿尔及利亚人把法国人赶走之际，也赶走了加缪的幽灵

的阿尔及利亚类型。我心想，还是年轻人有门路，这个时间应该是他们夜生活下半场的开始。去了才发现，我只对了一半。

　　哈桑并没有想好目的地，他提议的纪念碑我们早就去过，在城里转悠，也时常路过那里。最后去了海边，小广场上寥寥几人，海上漆黑一片，有人坐在石头上，弹吉他和乌德琴，小声地哼着歌。总算找到一点乐子，可惜对方一见陌生面孔，便迅速离开，广场上几乎只剩下我们几个。其实根本就没有目的地，哈桑说在阿尔及尔只有两种夜店，一种是脱衣舞娘，另一种是高级酒店。这两种，他们都去不了，他们的宗教不赞成饮酒。

　　两个小伙子的生活如出一辙，上课、开着老爸的车在街上晃悠、听歌、看电影、瞎聊天，他们都是鲍勃·迪伦（Bob Dylan）的歌迷。偶尔出国旅行，才会疯狂一把。莫汉的专业是数学，成绩很好，有希望去巴黎继续深造，他的两个哥哥已经在法国定居。哈桑学的是电子，中间练过一年街舞，他说自己学习一般，只能去法国的其他城市。很多年轻人和他们一

作为一个黑脚法国人，加缪如此描述自己的老乡阿尔及利亚人——"他们可以成为你的朋友，可是成不了你能对之倾诉的人"

样，想去法国留学，想去美国工作。我们很快就招惹来了警察，几辆警车呼啸而至，迅猛地围拢过来。

哈桑很镇定，他已经去过两次警察局，一次是捡到钱包，另一次是被人打劫。而莫汉又被警察误认成美国人，他说，"没事，不可能有美国人能说阿尔及利亚式的阿拉伯语，里面好多词都是来自柏柏尔的语言，再说我有身份证呢。"

我也迅速习惯了警察的存在，随身带着内务部签发的拍摄许可证，警察很快从盘查变成聊天。他们并不凶狠，嘴角常常用力忍住对外国友人的微笑，有时候他们拦下人或车，只是因为自己太无聊。莫汉说，"你只需要对他们露出一个good boy（乖男孩）式的微笑。"

微醺的夜晚

"我知道这个国家隐藏的威望和魅力，她暗示那些滞留在那里的人，使其静止不动，让他们提不出问题，然后令其在每日的生活中昏睡不醒。"加缪在法国生活时，如果有人问起阿尔及利亚的情形，他会劝对方别去，因为他明白，阿尔及利亚满足不了欧洲人的期待。

阿尔及利亚在法兰西文学中留下的痕迹，也无非是几位法国文人写下的平凡主题：妇女、棕榈树、单峰骆驼，在异域寻找借口，宽慰一己的心灵。在北非游历多年的安德烈·纪德一想到那里的春天就兴奋不已，他在自传中写道，王尔德坐在阿尔及尔的咖啡馆里对他说："亲爱的，你想要那个吹笛子的小伙子吗？"

现在这里的旅游业，除了南部沙漠能够吸引欧美游客，北部的城市鲜有游人问津，塞蒂夫市中心的裸体女人雕像，是我们经过的所有景区里，唯一有人拎着拍立得给游客照相做生意的地方。

路人遇到我们几个面目奇异的中国人，都会惊奇地看着，一位严肃的墨镜男远远地走来，气势汹汹，张口却是一句汉语——"你好"。当地很多人都会说"你好"，而且会不断重复，不断等待回应。哪怕我们躲在车里，也会被好奇的路人发现。他们会笑，会目送，小孩子甚至还跟着汽车跑了起来，如果在路上被逮到，还会被要求合影。有时和商家扯皮，经理在这边检查证件，服务生就在旁边远远地看着，投去一个眼神，就能换回一张羞涩的笑脸。

这是此趟旅行中最大的乐趣，也是难得的公平——谁让我们千里迢迢而来，欣赏奇观一样地欣赏别人。直到快要离开，我似乎已经卸下防备，但路人的眼神依然讶异。也许还是加缪说得对，"他们可以成为你的朋友，可是成不了你能对之倾诉的人"。

这个国家和世界保持着一种若即若离的关系。看看他们的橱窗，既摆着香奈儿5号，又摆着中国制造的鞋袜。2009年以前，这里的周末还是周四和周五，在企业的强烈建议下才改为周五与周六。临走前还看过一场撒哈拉布鲁斯的表演，女歌手一颗银色的假牙，桌上摆着三个手机，尖细的嗓子，悠悠从酒店里高官的身边飘了出去。

"这是一座我读不懂其招牌的城市，陌生的字，没有任何熟悉的东西附着其上，没有可以说话的朋友，没有消遣。在这间听得见陌生城市声音的房间里，我清楚地知道我无法像走向一个家或喜欢的地方那样拥有柔和的光明。我要叫人吗，喊人吗？将要出现的是一些陌生的面孔。教堂、金器和香，一切都将我投入一种日常的生活，每一种事物都带上了我的焦虑……人站在他的对立面：我不相信他是幸福的……这正是旅行告诉人们的。"加缪生于此地，为何会懂得异乡人的心情？

有人说阿尔及尔是白色和黄色的，我也同意。白色是清真寺，黄色是清晨和黄昏，那是它最美的时刻。

早上，加缪带着轻微的醉意向前走去，而在夜里，这座几乎比北京更加拥堵的城市卸下了全副武装。笨拙的夜景尚未完全被霓虹灯染指，没有信号灯，只剩车影和广告牌，以及许多扇关不住灯光的窗子，好像是谁在撒哈拉的北边、地中海的南岸撒上一把沙子，闪着稀疏的光。几只狗不知在哪里吠着，老鼠窜回洞里，踱着步子，也没有声响。

夜幕降临，日落的光照在所有的桥上，开启一片陌生的辉煌。阿尔及利亚睡得很沉，做着梦。"整个民族在水边沉思，千万个孤独从人群中升起。"

When a man has done what he considers to be his duty to his people and his country, he can rest in peace. I believe I have made that effort and that is, therefore, why I will sleep for the eternity.

Nelson Rolihlahla
Mandela
1918 – 2013

Chapter 02

SOUTH AFRICA

文 _ 吴琦

南非
好望角的凝望

南非现在自称"彩虹之国",作为种族和解之后的愿景,
其实是一团毛线——当然你可以说它是彩色的,囫囵吞枣
地把各个族群系在一起,再打成一个蝴蝶结。早期荷兰自
由民和东印度公司官僚的矛盾、白人无产者对黑人阶级兄
弟的排挤、土著部落之争……常常都被省略了。高高的围
墙立起,电网、铁丝网缠上,把这些苦大仇深藏在城市的
深处。

内城冒险

我们准备在半夜驶过约翰内斯堡的内城。这次行动事后让许多久居南非的人惊讶不已，在他们看来，这里是某种禁区。司机们白天经过，都一脸谨慎，飞快通行；晚上更难找出租车——当地人一般自己开车，或者挤小巴，那是专属黑人的taxi。突然一辆白色桑塔纳从街角开来，顶灯歪向一边，近看才发现是用胶布粘在车顶，像是从异次元跟跄而出。它答应带我们进城，并且只收70兰特（约人民币40块），相当于起步价，更重要的是，司机会按时来接我们回去。45分钟，我们反复跟他确认，45分钟后，就要结束这次冒险的旅程。

这片内城叫作修布罗（Hillbrow）——字面翻译过来，就是山脊。原本是德兰士瓦高原上最贫瘠的荒野，只值两头牛的价钱，在19世纪末，一跃成为黄金之城。4年间，约翰内斯堡从坑洼的矿区拔地而起，现在是南非最大的城市。城市边缘的天际线仍由废弃的矿山围成，这些小山丘表面没有植被，形状锋利，裸露着黄土，阳光射下来，弹出一圈金色的光边。光的中央就是修布罗，被一座270米高的信号发射塔主宰。20世纪70年代，种族隔离政府把这里划为白人区，建成中产阶级的CBD；90年代，被赶去郊区的黑人回到城里，占领了这些高楼。当地人避免用"贫民窟"这样的字眼来称呼它，尽管这里的确是低收入者和无业游民的聚居地。建筑的样式十分现代，但没有什么生产生活的机能，路边站满、坐满、蹲满了无所事事的人，每个人身后都好像站着另一个。白天来看，像一个电影片场，布景和道具准备好了，演员在等戏，题材应该是枪战、警匪或者科幻，好莱坞电影《第九区》的确就是在另一个酷似Hillborw的亚历山大区取景。晚上倒清静许多，除了满地的垃圾，人都不见了——也许我们会在酒吧里碰见他们。

酒吧门口有两道安检，几个彪形大汉看到有中国人来，露出既惊讶又惊喜的表情。楼下说门票是90兰特，楼上却说是100。此时客人已经很多了，但场子不太热闹，因为地方大，人坐得分散，也没有酒保穿梭其间——他们坐在遥远的吧台，泰然地数着杯子，懒得跟着音乐一起扭动。几盏场灯全部照着中间舞台上身材健硕的舞娘，她们的深色皮肤在彩色的灯光下显得干燥。灯光太亮了，超过一个酒吧应有的可见度，看得出多数人都不投入，各聊各的，甚至没什么笑声，不知是因为每天都来，还是根本没有什么压力需要放松。绕舞台围坐的那群人，表情更少，眼神涣散，也不盯着舞台，喝酒，抽烟，轮流吐出烟圈，如同一排干冰机。

夜场的时间通常会加速，在这里，时间反而滞重起来。45分钟变得很长，很静止，尽管灯光和女人一直在晃动。但没有人入戏，甚至没有人假装入戏。对旅行者来说，这是足够陌生的体验，但"千难万险"来到这里，场面上缺乏戏剧性，还是令人尴尬。准备离开，同伴们都松了一口气。不甘心，在二楼逛了一圈，发现还有台球室、游戏厅和私人包厢。楼梯旁的角落，姑娘们在休息，有的正在扒拉盒饭，有的对着镜子整理过浓的妆容。没有人看她们，就算看了，她们也没有回应。

楼下的保安提醒，不能把酒瓶带出室外，剩下的酒要一口喝完。真是一个没有抚慰、毫不留情的夜晚。通道里贴出一张告示：出门时要记得把身上值钱的东西藏好，手机、珠宝和钱包，不要暴露在别人的目光下。在约翰内斯堡，人们经常这样警告你，但没有人知道危险从何而来，什么时候来。司机已经到了，我们快速钻进车里，哑口无言。一段不值得炫耀的体验。再次驶过内城，路灯亮着，没有招牌，"荒无人烟"，仅剩一副被架空的钢筋水泥的躯体，穿过两个世纪以前的矿区、白人的房子（white only）、黑人落脚的地方——好像只用了一瓶啤酒的时间，就穿过了南非的心脏。

种族藩篱

到约翰内斯堡的第一天，胆子还没这么大。住在修布罗旁边的街区，四周是公寓楼，横平竖直，整齐的窗格，多了一些人气。南半球的夏天，夜里有风，坐在酒店旁边的酒馆小憩，像是坐在希区柯克电影里的后窗，总能看见黑影在白色的窗帘背后抖动。不知从哪里传来大声的笑和尖叫，一看，楼道里、栏杆上、路边都有人，黑色的阴影罩着他们，像是卧底，也像是雕塑。

"看风景的人也在看你"，影影幢幢之间，这些线条夸张的身体，简直具有叙事的能力。南非作家库切在小说中写过，非洲人的身体就是灵魂，他们有"一整套跟音乐和舞蹈有关的身体哲学"。接下来我看到的南非艺术、文学和戏剧，都将印证这一点。

库切是白人。南非白人也分很多种，他来自一个阿非利卡家庭

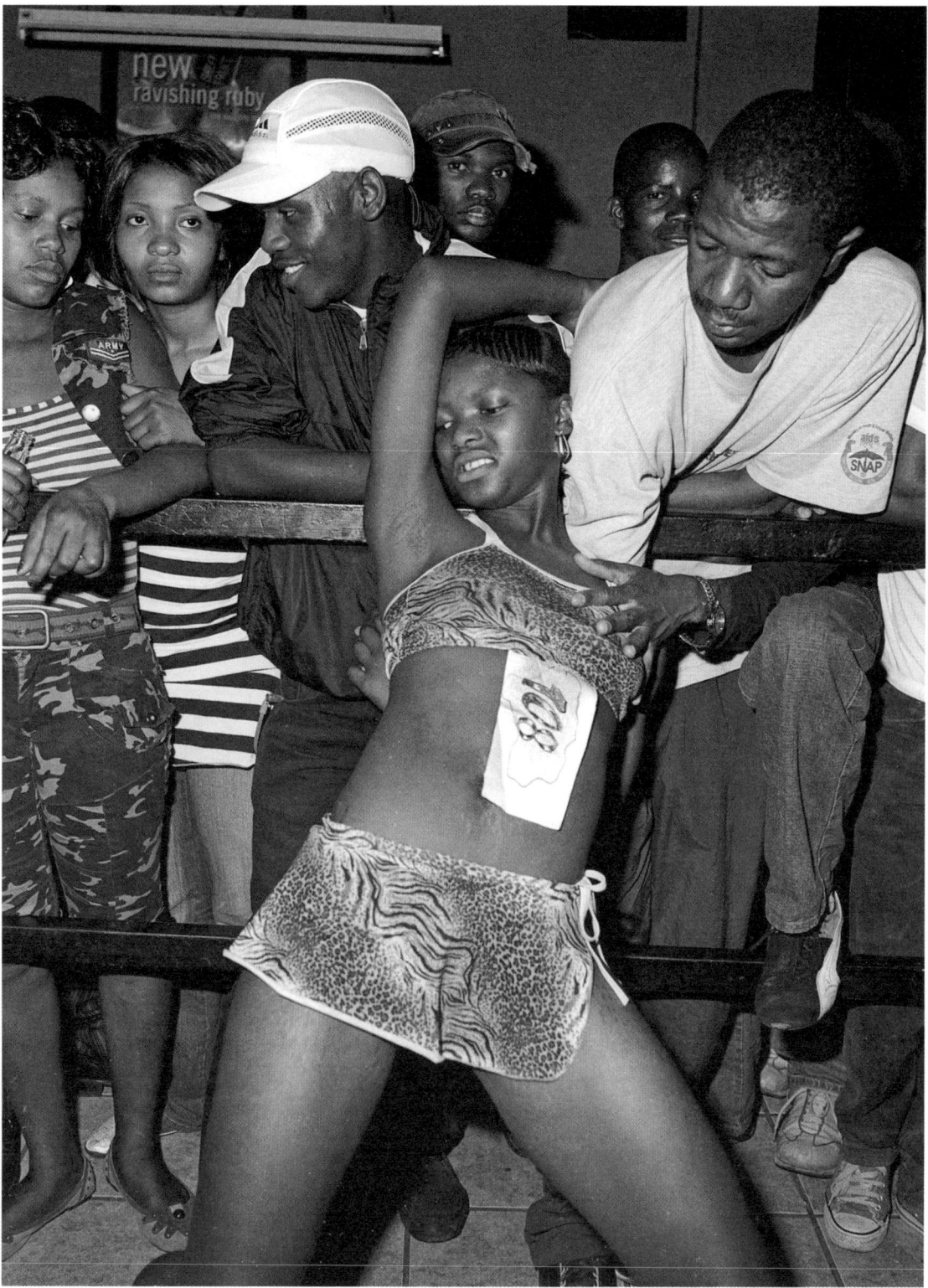

修布罗酒吧里的少年

（Afrikaner，旧称Boer，布尔人）。这个人种诞生于17世纪，是荷兰人后裔，随东印度公司来到这里，以经营农牧场为生。19世纪初，英国人打了胜仗，取而代之，拨款从国内移民，调遣舰队，增加驻军，捍卫好望角航路。他们成了白人中更少、也更精英的一支，开商店、赛马、玩板球、搞辩论，是最早的城里人。

我所住的酒店一条街开外，有一间名为Great Dane的酒吧，就是由一所19世纪英国军官的房子改造而成。它仍然停在维多利亚时代，粉色的外墙，淡绿的铁廊柱，里面贴着腥红的壁纸，挂上几幅厚针织窗帘，嘈杂的声音困在里面逃不出，空气中闷出一股旧气。几个在银行、外企工作的年轻人在这里喝酒，才9点多，就闹着要回家。我说时候尚早，他们大笑起来——想起朋友说过，高犯罪率的受害者主要还是黑人，毕竟他们是大多数——之前还带着一点凶狠的醉意，跟我抱怨中国人把工作都抢了，现在扬眉吐气似的，把又黑又粗的辫子往脑后一撸。他们有的在银行、外企工作，有的自己做生意，早上五六点就得爬起来。

车顶上的"舞蹈家"

　　旁边的小厅，挤了另一堆人。角落里的男人极瘦，寒酸，拿着话筒正在大喊。据说，他是当红的喜剧演员，在全球巡回演出。语速太快，俚语太多，我没能听懂全部，只记下了一个段子，"我最讨厌那些傻瓜老师，总是问这问那——这个是什么意思，一加一等于几。最可气的是，他们明明知道答案却还要问你。"台下笑得直跺脚，多数都是黑人。

　　尽管政治不正确，黑白二分法依然统治着这里。法律划分的黑人、白人区取消了（1948年颁布的《特定居住法》），贫富分化继续把两群人隔开，换个样子而已。

　　其实白人们也处不来，布尔人想尽办法把奴隶留在自己的农场，英国人偏要废除奴隶制，目的不是为了自由平等，而是争抢劳动力。19世纪末，双方大打一仗，耗时三年，这成了库切的梦魇。他觉得自己应该站在布尔人一边，却不喜欢他们难看的衣服和长胡子；他喜欢的是英国人"笔直的金黄头发、发亮的肌肤、宽窄合体的衣着和镇定自若的风度"。2006年，他加入了澳大利亚籍。

南非现在自称"彩虹之国",作为种族和解之后的愿景,其实是一团毛线——当然你可以说它是彩色的,囫囵吞枣地把各个族群系在一起,再打成一个蝴蝶结。早期荷兰自由民和东印度公司官僚的矛盾、白人无产者对黑人阶级兄弟的排挤、土著部落之争……常常都被省略了。高高的围墙立起,电网、铁丝网缠上,把这些苦大仇深藏在城市的深处。

几乎每家门口都挂着保安公司的警示,荷枪实弹,24小时服务;有些店铺装了两道门,先进第一道,把后面的门锁上,再开第二道。隔离之势和几十年前的描述几乎没有差别。约翰内斯堡首当其冲,堪称藩篱之城,开普敦、比勒陀利亚也不例外,只有镇上稍好一些。

旅行者在城市里很少步行,或租车,或坐Pop on Pop off的观光巴士,在各个景点之间穿梭。在window travelling的过程中,我时常会想起,来时飞机邻座上的男人脸上那一道刀疤。他不会英语,拒绝透露自己的职业,像极了这次旅行——警惕,严峻,讳莫如深。

殖民面具

登上宪法山(Constitution Hill),挨着修布罗的西端,眼前又是那座高塔。这大概是我和它距离最近的一次。一条街、一道墙把两边隔开,那边是一片深不可测的黑洞,层层叠叠的窗户,这边是一个一目了然的广场、干净的建筑和几个慢吞吞的游人。好处是,几乎躲开了全城的人;坏处是,躲开人群就好像离开了南非。打一个极不恰当的比喻——去克鲁格国家公园没遇到动物,就是白去。

宪法山之前是一座军事要塞,布尔人用来防范英军入侵,结果被英国人改成监狱,把英布战争中的布尔将领关在这里。现在,这里是南非的宪法法院,守卫着号称人类目前最完美的宪法。法院的标志是一个圆,镂空刻成大树,枝叶又似人形,牵扯在一起。据图图大主教说,享誉国际的"和解(reconciliation)"根子上就源自一种非洲传统——Ubuntu,大意是指人慷慨好客,乐于分享,有同情心,英语里无法找到贴切的翻译。

某种意义上,这座法院是南非的自由女神像,为公平、平等的抽象原则塑了一座真身。墙上的文字、颜色,大厅的柱子,法官的座位,窗户的采光,新砖与旧砖的摆法,整座建筑的设计处处都嵌进寓意,用理念堆成。甘地、曼德拉都曾关在这里,由于后者只是短暂地在此候审,因而这

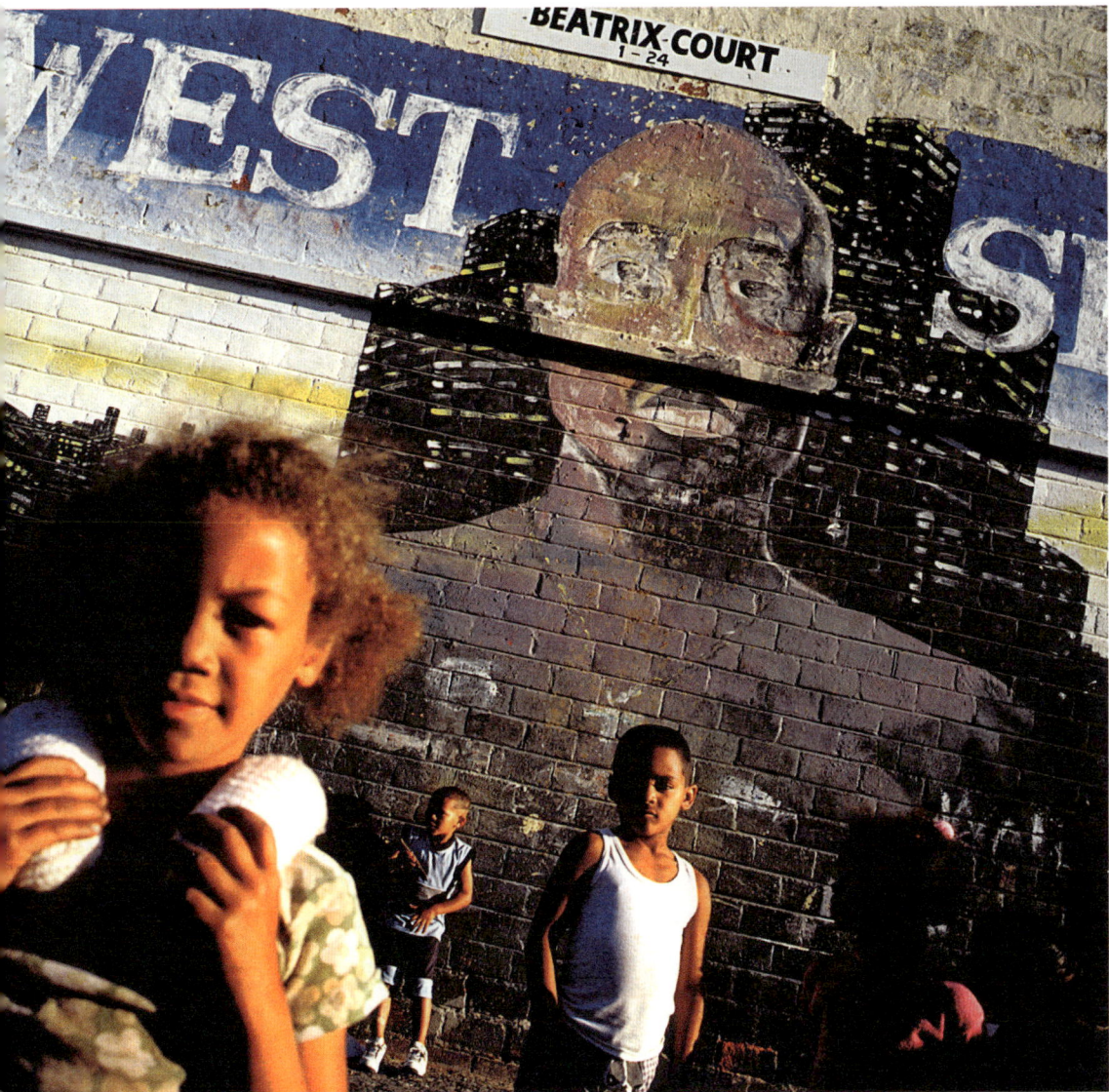

"涂鸦绝对是一件积极的事情，"导游Jo
说，"那些连卫生、治安都没人管的地
方，年轻的涂鸦艺术家会去。"

里主尊甘地。一尊袒胸露乳的铜像立在中间，纪念他为印度裔移民开展的民权斗争，这是他后来回到印度领导"非暴力不合作"运动的先声。到了21世纪，有好事者在留言本上写，感谢他为同性恋平权运动作出了贡献。

广场的阶梯上有几幅简单的镶嵌画，人站到那个位置，身后就是一道阴影。我正打算感怀一下人类历史之幽暗，屋顶的喇叭突然响了，放出欢快的非洲调子，绝不是那种会在军事要塞、监狱或法院听到的音乐，而是专门跟游客喊话，一下把我的头扭了过来——革命已经成功，别往后看了！

那就沿着阶梯往上走，走到昔日的岗哨，俯瞰监狱。整个约翰内斯堡变得舒展起来，金色的矿山、紫色的蓝楹树黯淡下去，建筑的体量凸显出来。尽管城市的密度比不过纽约、香港之流，但它显得很沉，线条粗，重心低，房子四四方方，都像铅块。旅居南非的作家恺蒂把它比作一个男人，她说"这个城市的阳刚精神就是在千米之下的矿井中打造出来，在岩石、巷道、矿车、罐笼、橡胶长筒靴中长大成人的"。而本土的作家们觉得问题出在颜色上——病态的黄，近乎暗黄的棕，脏兮兮的灰，"一派污浊之色"。这座城市的用色的确保守而原始，仿佛是直接从土、矿石、树皮、野生动物的皮毛身上取来，连流行的反光材料都很少见到（这种闪亮的新楼聚集在北郊的Sandton新区）。连一张覆盖了整座大楼的可口可乐户外广告都不是用标志性的鲜红，而是暗红。

我倒觉得，约翰内斯堡现在的样子是一张殖民史的面具。早期荷兰人、英国人来这里，没让非洲保留它本来的面目，而是一切重来；他们当中的一部分人留了下来，继续参与——应该说主导它此后的发展。被甩在后头的非洲人慢慢追赶，自己的风格和想象力又从水泥森林中渗透出来，那种"身体即灵魂"的哲学、粗放的抽象、原始与现代的调和随处可见。看早期人类留下的岩画，看正在展出的画作（同一位艺术家经常一手做部落手工，一手玩当代艺术，直接混搭，又界限模糊），看街上摆出的公共雕塑，甚至看囚犯们在监狱里用肥皂、毛巾叠出来的动物、人形，都有同样的味道。

市政府每年用1%的收入资助公共艺术，把汽车厂改成画廊、舞蹈教室，把公共厕所改成爵士酒吧，让绘画、雕塑和涂鸦进入内城，听说还有一位教士主动搬进修布罗，他们共同的口号是"Take back your city"。非洲之心呼之欲出，想用艺术改造自己。

"涂鸦绝对是一件积极的事情。"导游Jo是南非白人，她带我去新城（New Town）看涂鸦，那里是最早的矿区，也是城市的雏形。"这可不是一个欧洲城市。"她自豪地说，尽管她的黑人同胞常常在街上用俚语揶揄她的皮肤。

"不可能逃避这一切，"她说，"那些连卫生、治安都没人管的地方，年轻的涂鸦艺术家会去。"他们的作品就藏在高速桥、老电厂、废弃车间、市场、米仓之间，是这个城市里最鲜艳的装饰。其中最著名的一幅由油画改成，原作是南非画家布雷特·穆雷（Brett Murray）2012年的作品《矛》（spear），画着一个露出生殖器的男人，讽刺被控强奸罪的总统祖玛。这幅画展出时引起了巨大的争议，不仅得罪了总统，也犯了禁忌，后来被禁止公开展示，卖给了一个德国人。涂鸦创作团体PCP把生殖器换成一支颜料瓶，添了个标题：涂鸦过去存在，现在存在，将来也会存在（Graffiti lived, graffiti lives, graffiti will live.）。两年过去了，它果然还在。

开普敦牢笼

"约堡还行吧，但是和大海没法比。"在Great Dane酒吧里遇到的那伙人曾这样告诉我。这是标准的上班族说辞。

英国作家莱辛也常把自己的小说设定在开普敦，她在南非的北部邻国津巴布韦度过童年。对她笔下的人物来说，开普敦不算异域，它更像欧洲城市，"有橡树和葡萄园，有水果"。她的短篇小说《爱之子》里有两个女人，丈夫是英国军官，常在家里举办几百人的派对，迎来送往，家就在桌山（Table Mountain）上，他们"躺在游廊上的折叠椅里，俯瞰着大海，运兵船将从那儿入港"。结果，其中一位和英国新兵搞在了一起，还留下一个孩子，兵哥哥却很快被派去了印度。这是带着殖民病的说辞。

如果说修布罗的高塔统治了约翰内斯堡，桌山就是开普敦的独裁者。就算乘船去11千米之外的罗本岛，这个巨型的方块岩石依然镇压着人们的视线。据说当年曼德拉关在岛上，每天清晨都要看它一眼。山上种的是石松，光秃秃的，直挺挺的，衬托了山的轮廓——当年为了开矿，把这些树引进南非，后来有人想把它们砍掉，因为不是本地物种。同样，也有人想砍掉在约翰内斯堡、比勒陀利亚等城市疯狂生长的蓝楹树，它们移植自中

美洲。其实这里山不高，海拔不过千余米，我坐缆车晃悠着登上山顶，竟也产生了一种四海来朝的幻觉。

开普敦是个适合徒步的城市，可以一路从海边走到山脚。街道窄、短、密，屋子建得不高，墙刷得粉嫩，和那个粗犷的汉子约翰内斯堡不同，它是个姑娘，一个穿着裙子、举着阳伞的洋妞。长久以来，这里都由白人管理。也正因为如此，它给出了更标准化的配置，从市中心的长街（Long Street）辐射出去的是密集的旅游产业：各国料理、小店、市集……回到住处，想睡个觉，耳边又响着夜生活的轰鸣。入戏未必就有魅力，这是旅行者的说辞。

开普敦有不少博物馆，除了画（南非国家美术馆、南非博物馆）和奴隶（文化史博物馆），第六区博物馆（District Six Museum）倒也引起了我的兴趣。这个著名的博物馆很小，占一个二层小楼，只讲一个社区的故事。第六区位于开普敦市中心和港口之间，18世纪时人口混杂、商业繁荣；20世纪初，黑人被赶走；到了60年代，一口气清除了6万多非白人。整座博物馆就是在回忆那个旧街区，把照片、日记、口述、旧物，按主题分类，还原当年的理发店、洗衣房、学校、乐队等等，由老街坊担任讲解员。博物馆的另一个空间，在一条街之外，正举办一个摄影展，拍一个有着相似命运的索菲亚镇——在约翰内斯堡的非洲博物馆，我也见过这个索菲亚。那次迁移的规模也是6万多人，限10小时之内全部搬空。

我发现南非的博物馆呈现出一种整体风格。建筑上出色，本土事务所看来已经熟练地掌握了现代建筑和遗产保护的做法；叙事手段贫乏，主要用文字和图片，视频都少，尤其在曼德拉故居，照片、奖状挤满了窄窄几间房，只在地板上做个标记：此处以前是厨房。

另两个常用的办法是口述和当事人重聚，让他们自己讲故事，这也是真相与和解委员会的思路。孤悬海外的罗本岛也是如此，离岸、坐船、上岛、坐车，全程几乎不下车（出于对环境的保护），简直就是在探监。这让我想起在宪法山看到的一句曼德拉名言："除非被投进监狱，否则没人能真正了解一个国家。"眼看走了好几个监狱，也许会离南非更近一些？曾在这里服刑的政治犯穿着囚服，带我们看他住过的房间、睡过的床。讲解结束，双手合十，祈祷一句："上帝保佑你们，感谢曼德拉。"引来一只飞蛾，在屋里飞来飞去。

博物馆是对抗记忆的方式，南非的办法不算高明。它想为逝去的过

格伦考伊，一个黑人妇女站在橱窗前，身旁是一个穿着婚纱的塑料模特

乘船去11千米之外的罗本岛，桌山这个巨型的方块岩石依然压迫着人的视线

去造一个牢笼，关起来，锁起来，限定起来，并且天真地相信，可以用这样的方式清偿债务。就像第六区博物馆宣称的，"没有什么是记忆不能抵达、触摸和唤醒的"。

当然，我希望它是对的。

不过，此行最喜欢的博物馆是Hector Pieterson，以1976年的索韦托惨案中最著名的牺牲者命名——白人警察向游行学生开枪，成了反种族隔离运动的转折。馆里的设计并不出奇，就有一点不同，它地处索韦托（Soweto）。这里最初是单身金矿工人的宿舍，后来成为南非最大的黑人区，方圆120平方千米，布满统一规划的小房子，算是正经的贫民窟。后来游客来了，医院、加油站、购物中心也建起来，面目大变。不过，我在博物馆的窗户上看到一处裂缝，被重物砸中的痕迹，呈蛛网状散去。最初以为是特别的设计，研究半天才确定是一处损伤，有人说是冰雹砸的，有人说是子弹打的。正是这个漂亮的蛛网提醒我，这个空间尚在历史之中，它像河一样流动，没有尽头。窗外就是奥兰多体育场，学生游行的终点，这个博物馆用几乎全黑白的史料告诉我，在他们到达之前，枪击就开始了。

好望角灯塔

从开普敦南下好望角，是著名的花园大道中的一段，一直向东延伸至伊丽莎白港，一侧有海，两边有树，景色一流。"我不喜欢开普敦。"一个出租车司机说。他觉得景色无用，这个国家太疯狂。干他们这行的，多是从津巴布韦等邻国偷渡，挣了钱再寄回去。

另一位司机告诉我，不看风景，可以看贫富。种灌木的人家是小富，种乔木的是中等，种森林的才是大富大贵。"喏，就像这样，他们根本不会让你看到里面住了人。"不过在南非史上最富有的人面前，这些都不算什么——塞西尔·罗德斯（Cecil Rhodes），戴比尔斯（De Beers）钻石公司的创始人，坐拥几座山、一家医院、一支警察部队，津巴布韦和赞比亚这两个国家过去叫作南北罗德西亚，都算他的庄园。最初父母把他从英国送到南非，只是养病，顺便做点棉花生意，结果赶上1867年，南非中部的奥兰治河南岸发现钻石矿，他家农场正好就在这个位置。

1867年是南非历史上一个重要的年份。这一年苏伊士运河开通，伦敦至波斯湾缩短8880千米，好望角的地位岌岌可危，幸亏接连发现钻石和金

登上好望角的灯塔，是此行最放松的一刻，好像只有站在这块孤悬着切入大海的岩石上，才得以把负担卸下

作为新世界产酒国中备受瞩目的一员，南非的葡萄酒产量如今已名列全球第九

矿，开采钻石一年的价值就抵得过几十年的贸易总量，南非算是保住了它的饭碗。我来的时候，远处正有一艘20万吨以上的货轮驶来。海上的风很大，在印度洋和大西洋之间逡巡。要是莱辛故事里的女人，可能又会误以为那船是"眼睛里的一粒灰尘、一头鲸鱼或一只海鸟"，但在那些大人物眼里，这可是一条源源不断的财路，直接把黄金送进银行，尤其是英国和美国。德兰士瓦的金矿（黄金生产过程中同时还带来副产品——铀）是历任世界金融中心的后盾，这也是英美政府默许种族隔离制度的原因。

其实葡萄牙人15世纪就来了，他们不知道此地有黄金，只把它作为补给站。他们把这里叫"风暴角"，沿岸有达伽马等早期航海家留下的灯塔，有时风浪太大，就直接绕过，一路开进莫桑比克港。最开始灯塔建低了，一起雾就会被遮住，航船容易发生危险，就在高处另建了一座。

从高处望出去，外海的确凶猛，一侧的福尔斯湾（False Bay）却平静至极。洋流被挡在外面，波澜不惊，水、山、天连成一片，层层递进的蓝，蒙上一层白色的云纱。这是此行最放松的一刻。在南非内陆旅行，常有被困之感，好像只有站在这块孤悬着切入大海的岩石上，才得以把负担卸下。

我在南非的文学传统中遇见过这种重负。作家们写私生子、婚外情、寻根、丧子……底下都埋着对国族历史的隐喻。他们向往自由，又得承担责任；摆脱不了自己的身份，又努力保持自尊。库切在评价比他更早获得诺贝尔文学奖的南非作家纳丁·戈迪默（Nadine 'Gordimer）时总结过，"这个国家具有数百年的暴力和剥削史，贫富差距悬殊，令人心寒。它每天对他们的道德良心提出要求，让人厌倦。"每次看这些作家写南非，读者都得不到慰藉。

有个荷兰童话说，一个男孩在上学路上看到堤坝上有一条裂缝，海水正从中渗进来，就把手指伸进去，想要堵住它。库切在书中自指，自己就是那个男孩，某种"独子的气质"。

当我坐车从好望角回到开普敦，夕阳追了过来。我差点没认出市政府大楼上那张巨幅的曼德拉笑脸——到了晚年，他已经有些男生女相。他才是南非的独子。或多或少，他都被神化了，许多成就不是一人之功。但有一点，政治学教授史蒂文·弗里德曼在接受采访时告诉我："在一个普遍歧视黑人尤其是非洲黑人的世界上，他也许有助于提醒人们，没有哪个种族拥有绝对的才能。"

回到约翰内斯堡，我准备去完成旅行清单中的最后一项任务，在著名的市场剧院（Market Theatre）看一场戏，再过一次夜生活。市场剧院位于新城，离我看涂鸦的地方不远。身后有一家大型商场正在施工，以前是个蔬果仓库，也算城市复兴计划的一部分。我请一位新认识的朋友送我过去，他叫Happy，才23岁，来自一个名叫Spring的镇子，像是童话里的名字。我们在剧院对面的餐厅聊天，店里没什么客人，但挂满了画作，他说这是当地画家获得认可的方式之一。以前他觉得自己不属于这个国家，从小内向、不合群，有一次甚至被同学用棒球棍打晕。现在成了艺术家，背着一把吉他，每天开车两小时来城里画画，约翰内斯堡就是他的灵感之地。

　　外面突然电闪雷鸣，从窗子看出去，没什么高楼，这个阳刚的城市被压得很低，显出手无缚鸡之力的样子。本想出去看看风暴之中修布罗的那座信号塔，不过雨实在太大了，想必它也无所作为。路灯都被震灭，城市如同断电一般，雷电不依不饶地催着暴雨，好像并不知道这片大地已然处在分裂之中。

　　看戏的人也很少，一群黑人小孩占了多数座位。话剧的名字叫《彩虹伤疤》，讲的是一位白人妇女收养了黑人保姆的女儿——非洲的保姆、园丁常常因为艾滋病而突然消失，女孩的表哥因一次错误的指控而入狱，出狱后希望带她回乡探亲；三人陷入纠缠，谁都有不可告人的动机。黑人表哥的扮演者台词不多，另外两人对话时，他就在一旁站定，钟表一样重复着几个动作。身体即灵魂。结尾，他闯进女人和女孩的家，警报响了，保安公司迅速打来电话，女孩给了错误的密码。砰砰砰，几声沉闷的枪响，从舞台深处传来——这是我第一次，也是唯一一次，在南非听到枪声——回应着不时的惊雷和持续砸向屋顶的雨点，然后是死一样的沉寂。

Chapter 03

CUBA

文 _ 茅晓玮

古巴
缓缓而至的哈瓦那黄昏

古巴就像个先是没落养父无奈丧失了抚养权、后又因理念
不同跟继父闹翻的女儿。她天生丽质，可是断了经济来源，
只好破裙烂衫随便裹裹。你深知，如果给个机会，让她好
好装扮起来，必然仪态万方，可是，那股令人心驰神往、
无法无天的野性也将随之荡然无存了。

从迈阿密到哈瓦那，一个小时的西南方向飞行，366千米的直线距离。当飞机穿过佛罗里达海峡，拉丁美洲便扑面而来。这和当年哥伦布在茫茫大海中与其邂逅的情形全然不同。假如当时那个热那亚羊毛纺织工的儿子在1492年10月27日打了一个漫长的盹，错过了在他眼前浮现的一片陆地（他当时以为那是日本），古巴历史会被怎样改写呢？

当然，历史并没有给我们"如果"的余地，哥伦布还是毫不犹豫地将锚落在了今天古巴奥尔金省的巴伊亚·巴里亚伊港（Bahia de Bariay）。一年之内，西班牙就毫不客气地占领了这个加勒比海最大的岛屿；1898年，美国打赢美西战争，获得了对古巴的控制权；1902年古巴独立；1959年菲德尔·卡斯特罗赶走亲美的巴蒂斯塔政权，革命胜利。比起其他国家来，古巴的历史相对线性，没有太多曲折，冤家也不算多，比较大的一个主题，就是相当有耐心地对抗美国经济封锁超过半个世纪，成为西半球硕果仅存的社会主义国家。

哈瓦那的客厅马拉贡

20摄氏度在古巴算是小冬天了，大家都穿起了厚外套，戴起了棉麻围巾，甚至还有侍者戴着黑色绒线手套为客人们上菜。风有点大，那些佛罗里达海峡中的海浪好像也急着要越过堤岸，冲到岸上来取暖似的。一辆辆五颜六色的老爷车，比如摩托车头盔状的黄色三轮Cocotaxi，则全然不在意那些压顶而来的海浪，当真是无所畏惧。

在海边的马拉贡大道（Malecón）行走，七翘八裂的人行道上，遍地都是滑溜溜的青苔，还要时刻提防窨井盖子不翼而飞后留下的大洞。这又让东跳西跶、本来未免凄惨的行走变调为简易伦巴舞般的欢快。在古巴这样的国家旅行，只要对种种不方便的情形不牢骚满腹，甚至能从中发现乐趣，你就是给自己行了个方便。

马拉贡是一条长达8千米的防汛堤岸，事实上，不管你在哈瓦那城中心的哪个角落，闭着眼一路北行，总能抵达马拉贡，它从哈瓦那的老城一直延伸到阿尔门达雷斯河口。这条防汛堤以北145千米左右的陆地，就是美国领土。1962年古巴导弹危机时，马拉贡成为一条漫长的战线，到处是高射机枪和大炮，还有英姿飒爽的女战士，她们的脸蛋尚被1959年古巴革命胜利的红霞氤氲着。古巴的政局自革命胜利以来一直相对稳

一名古巴妇女在阳台上晾衣服，菲德尔·卡斯特罗的巨幅海报倒映在玻璃窗上

定，这个国家的人民相对安稳地生活着。

这条在涨潮时全然挡不住潮水的防汛堤，风平浪静时，只文静地行使着类似上海外滩情人墙的功能，坐满了正在亲吻的情人。在他们的间隙，垂钓人勉强找到了落脚处，还有那些不管不顾欢奔在防汛堤上的孩子们，所有人无一例外地吹着很有可能从美国旅行而来的风。大家垂荡下来的双腿无法挡住防汛堤发出的"自由或者死亡""社会主义或者死亡"的呐喊，这些字眼被鲜亮的油漆刷在了墙面上。

16世纪以来，从不敌西班牙人、最后自杀的印第安人，到对抗西班牙奴隶主的非洲和中国劳工，到拍马向西班牙人冲去的独立战争英雄何塞·马蒂，再到82壮士从墨西哥坐着"格拉玛"号出发，仅剩12人登陆古巴，在马埃斯特腊山脉游击两年的古巴革命先驱……生活在这片土地上的人们，总算渐渐冷静下来，大家只想好好地过日子。人民学会了和"革命"这个词汇和睦相处，并没有觉得它带有激昂决绝的气味，只当作是日常生活中的一个平常词汇，淡然处之，不轻易为之所动，但亦不会全然不

在哈瓦那一个贫民区，道路两边布满破败的房屋，唯有马路在夕阳下闪着金光

把它当一回事。仿佛它们只是生活中所要呼吸之空气的一部分。

当地人管这条防汛堤叫哈瓦那的公共沙发，那么，滨海一带就是哈瓦那的客厅，面对海峡的那一排街面房子就是客厅的墙纸，被飓风和岁月摧残得不成样子。你会以为这些房子已经长久没人住了，在玻璃都已经不知所踪的窗户上却哆哆嗦嗦地晾出了红红白白的内衣裤。行使着大使馆功能的美国驻古巴利益代表处是这条滨海大道上维护得最好、也最没有风情的一栋火柴盒式多层建筑，它通常被百来面迎风招展的古巴三色国旗遮挡着。倘若古美之间发生摩擦，国旗会全部换成肃杀的黑旗，为通常安详的哈瓦那客厅平添一些戏剧张力。

"为了革命胜利，向首都进军！"

我在总统饭店（Hotel Presidente）散放着舒适藤椅的露台上等候朋友安娜的表弟——胡安。这个离海不远的老饭店让我想起上海的浦江饭

U.B.P.C.
"Grito de Baire"
Oderquis Revé
y su CHANGÜÍ
TARIMA Nº.
OFERTAS
UBPC
TOMATE

店，有很多历史名人光顾的照片可以炫耀，但掩饰不了垂垂老矣的内核。

从马拉贡出发，直到以文学艺术学院为尽头的总统大道（Avenida de los Presidentes），次第铺陈着古巴独立后的总统和拉美革命风云人物雕像。就在离总统饭店正门不远，有一座雕像仅存基座，身体已不知去向。基座上一双铜绿斑斑的鞋子，忠心耿耿地提醒着路人，这是"作为一个美帝国主义傀儡的下场"。哈瓦那人微笑着告诉你："这是我们第一任总统托马斯·埃斯特拉达·帕尔马（Tomás Estrada Palm）的两只脚。"这名政客在1902年到1906年间担任古巴总统，后来流亡到了美国，在纽约一个叫作伍德伯里（Woodbury）的小镇度过余生。他的铜像在古巴革命成功后不久就被人民推倒，因为大家相信，正是这个"傀儡"为美国干涉古巴内政打开了大门，美国也正是在1903年从帕尔马总统手中获得了租借关塔那摩湾部分土地的永久性租契。关塔那摩湾的归属问题，至今仍然是古美关系中难以解开的死结之一。但帕尔马先生总算在美国——他的第二故乡留下了以他名字命名的一条小路，叫作"埃斯特拉达路"（Estrada Road），勉强和他在第一故乡的那双残破铜鞋遥相呼应。

卡尔扎达街上，一群年轻人正走向古巴国家芭蕾舞学校，在学校对面有个广场可以踢足球。他们都很时髦，用着手机，还有种猫王派头的复古时髦，飞机头，粉红太阳镜，鲜艳上装，身材奇瘦。那个足球场其实是个被抽干了水的喷泉池。一切市政建设在刚规划时都野心勃勃，设想喷泉池里会水声叮咚，人行道会平坦宽阔，儿童乐园的器械上油漆会闪光，现在，喷泉池是干的，人行道坎坷不平，儿童乐园里连螺丝也会有人顺手牵走。

两个哈瓦那少年在空荡荡的街道当中打着棒球，一个投球，一个接球，两人就这样一起向前推进，位移和打球都没有耽误；三个孩子正在帮大人推着一辆老爷车，它需要助推才能发动；一对老夫妇手挽手走过，另一只手都各自擎着一根没有任何包装的粗大灰白的面包，远远看来像是掉了刺的狼牙棒。一个面容严肃的老妪跟在他们的身后，她右手托着一盒奶油蛋糕，说一盒并不确切，因为这个直径10厘米左右的圆蛋糕就放在一块硬纸板上，裸露在加勒比午后的金光下。

这些面包和蛋糕都来自卡尔扎达街上一家国营面包房，得凭一本配给簿才能购买，价格自然是便宜的，只有自由市场的1/10左右，也因此门口总有长龙。面包房的玻璃窗上贴着振奋人心的标语"A la Capital por el Triunfo de la Revolucin"（为了革命胜利，向首都进军），带着所谓热带社会主义者与生俱来的乐观和亢奋，似乎是要给为食谋的老百姓打气。

我对1959年革命的回忆很快就被停在总统饭店门口的一辆雪佛莱Bel-Air打断。这辆哈瓦那蓝的老爷车好像直接从艾森豪威尔年代慢悠悠地一路行驶过来。从车门里走出来的不是一个头戴礼帽、身穿三件套的冷战时代特工，而是一个面容黝黑、头发卷曲铮亮、身穿牛仔裤和笔挺衬衫的古巴小伙子。他径直向我走来。我突然意识到，他就是我正在等待的人，胡安·马蒂内斯。

"古巴制造，美国进口"

我之所以会和哈瓦那人胡安有这样一个约会，是因为我的朋友安娜·马蒂内斯交付给我一个任务：给她在古巴的叔叔带点钱。美国政府现在准许国民每季度向他们的古巴亲属汇款500美元，但安娜觉得，让我亲手把钱交给他们会是个有意思的体验，当时正好是圣诞前夕，她说："体会一下圣诞老人和特蕾莎修女同时附身的感觉吧！想象一下，这个在生活中挣扎的家庭直接拿到这些钱将多么激动！"

安娜说她堂弟胡安会来酒店取钱。"胡安是我叔叔的私生子，你知道古巴男人的，突然有一天叔叔就把他带回家了，全家就当他是自己人。事实证明，他还是全家最讨人喜欢的一个。"当时，我正坐在安娜在旧金山的家里，品尝着她特意做的古巴名菜Ropa Vieja，一种用番茄酱汁煮的碎牛肉，配上黑豆子和黄米饭，还有炸木薯。我点点头，难怪古巴人有句俗语，"Lo que la vida me da, coje"（不管生活给予我什么，悉数拿下）。

安娜的父母是在1970年离开古巴的。1965年10月，菲德尔·卡斯特罗宣布，任何想离开古巴的人可以从卡玛里奥卡（Camarioca）港离开，超过3000古巴人坐船去了美国，那是革命后古巴的第一波移民潮。截至1970年，约有25万古巴人离开祖国。

安娜的父亲提交出国申请后，他成了国家敌人，如同任何放弃革命的人一样，被称为"Gusano"（虫子）。他被剥夺了在案头工作的权利，只能在田间劳动。最后，出国申请总算获得批准，安娜父母带着她哥哥和肚子里的安娜先去西班牙待了两年，然后辗转抵达了旧金山。安娜因

撑着红伞的男人在哈
瓦那大街上走着

此很认同在奥巴马就职典礼上献诗的古巴诗人理查德·布兰科（Richard Blanco），因为他们都是"古巴制造，西班牙组装，美国进口"的古裔美国人。

安娜的父亲后来在邮局工作了20年，英语仍然不很利索，退休后移居佛罗里达，可以离哈瓦那近一点。因为当年出走不易，安娜的父母再也没有回过古巴，害怕一旦回去就再也出不来，但他们一直兢兢业业地给古巴的亲戚汇款，接济他们的生活。他现在依然喜欢引用西蒙·玻利瓦尔的话："美洲难以管制，投身革命的人士是在海中犁田，在美洲唯一能做的事，就是移民出去。"玻利瓦尔的很多战斗怒吼都被凿上了纪念碑，遍布南美大小城镇，这句话当然没有，这是他写给厄瓜多尔共和国创始人胡安·何塞·弗洛雷斯的私信。

底特律的怀旧博物馆

两名吉他手坐在马拉贡防波堤上，一辆老爷车从他们面前驶过

坐在楼梯上的女孩

交给胡安的一叠欧元，他将兑换成可以在本地买很多硬通货的古巴可兑换比索（CUC），类似于中国在1995年停止使用的外汇券。在总统饭店的货币兑换柜台，你能看到那些从墨西哥或者加拿大辗转入境的美国人在排队，拿的是欧元而非美元，因为在古巴兑美元要缴10%的惩罚性税。

古巴人其实最喜欢美国游客。美国人大方又有怜悯心，因为不少是非法偷偷过来的，所以更加珍惜；而那些合法的，通过教会、学校或文化交流项目过来的，更是带着悲天悯人的心绪。小费好像天女散花一样四处飘洒——为那首他们已经听出老茧的街头吉他弹唱《关达娜美拉》，为那些和他们根本没有相像之处的铅笔速写。即使他们最终决定不给钱（多半因为零钱用完了），他们也会充满歉疚地说"I'm so Sorry"，"No, thank you"，好像他们得对美国政府施予古巴超过半世纪的贸易禁运负责似的。事实上，古巴政府和不少民众的确把本国渐进性失明式的经济状况归根于万恶的美帝国主义，喜欢计算因为这种封锁导致了多少多少亿美元GDP的损失，最后得出一个"美国禁运导致古巴贫困"的结论。

胡安小心地将美国亲戚送来的钱放进口袋，然后扮了个鬼脸，"所以古巴人民都说，美国人是我们最可爱的敌人。"我们喝了一杯咖啡，就坐上了胡安的坐骑。"其外表相当挺括，随时可以开进任何一部上世纪50年代的好莱坞电影。"当我爬进车里，深陷入皮革椅后，就得小心地挪动屁

股，以使龟裂的皮革不至于戳痛屁股。另外，整辆车只有一个手柄，负责摇动所有的车窗，交由司机掌管，这也使你可以专注于路边风景。当胡安将汽车启动时，我才发现仪表盘上竟空空如也。

胡安是从父亲那里得到这辆车的，而他父亲又是从他爷爷那里继承来的。这辆车来到马蒂内斯家时是1955年，买的是新车，已经作古的爷爷确实做了一个非常有远见的固定资产投资。60多年后，这辆"美帝"机动车依然在为他社会主义的孙子带来积极的现金流。尽管起初它并不是以谋生工具进入这个家庭的，第一任主人曾经驾驶它，和美国人一样，坐在汽车电影院里看好莱坞电影。

1960年，卡斯特罗政府结束了和美国的短暂蜜月，古巴以经济改革为名推行国有化，没收美国人资产，导致美国与其断交。1961年，古巴政府宣布成为社会主义国家。一切外交和贸易的联系中断，同时也留下了15万辆美国车，犹如嗷嗷待哺的孩子，毕竟50年代是古巴作为美国销金窝的年代，其进口的凯迪拉克、别克和德索托车的数量曾位于世界之首。

胡安的父亲和胡安自己造机器来制作各种汽车零部件。如果拆开一辆挺括的克莱斯勒，它的油箱很有可能是只塑料桶。古巴人总是能得到他们想要的，或者来自黑市，或者来自海外亲戚。类似于美国的craigslist.org，古巴人也有他们自己的大型免费分类广告网站（www.revolico.com和www.cu.clasificados.st），其服务器在国外。胡安说："我们古巴人用它们来找到我们想要的任何东西。"一辆古巴小汽车上，往往体现出一种经济禁运下的生存模式：古巴灵巧的机修师傅会在Chevy的铁壳子里，装上苏联Volga的引擎以及来自中国的汽车零部件，在这辆所谓的Chevy-Volga车里，美国、古巴、苏联和中国放下种种意识形态芥蒂和睦相处。美国50多年来对古巴的禁运造就了或大或小的奇迹，大而言之，不发达的工业活动让古巴成为世界上最绿的国家之一，车让囊中羞涩的古巴男人除了唱歌跳舞和喝喝朗姆酒之外，能有一件正经事可以消磨大量的工余时光，修车成为棒球和调情外另一项全民娱乐活动。何况，一辆经自己摆弄后重新奔驰上路的车，也意味着某种失而复得的珍贵自由。

供出租的"雪佛莱芭蕾小姐"

2009年9月，劳尔政府向一直以来非法经营的出租黑车颁发执照。胡安记得自己在11日一早，就赶到了交通部门口排队，填写将私人汽车改为出租车的申请表，并最终领到了已停发10年之久的私人出租车执照。上世纪90年代，正值古巴因苏联解体而面临的经济"特殊时期"，缺少汽油使公共交通一度瘫痪，政府曾放开私人汽车载客，但到1999年10月即停止。然而这并不能阻止那些家传老古董车走向街头赚面包钱。当时的胡安们都冒着罚款的风险，驾着美国老爷车继续非法拉客。

拿到执照后，胡安的出租车业务合法了，不过他营业时基本不打表，他说："一切都将由市场决定，供需双方自然会达成一个双方满意的价格。"我敢肯定胡安并没有学过西方经济学，但他们都在社会大学里研修过这门市场经济课。

劳尔政府的改革广受民众欢迎，只有劳尔的哥哥菲德尔·卡斯特罗对此颇有微词，他依然相信私人出租车业务追求"丰厚的利润"，并助长了汽油的黑市交易。可菲德尔忽略了这样的一个事实：但凡有配额，就会有黑市。古巴有两种货币、四种市场，古巴主妇们每天睁开眼，就得先静下心来，迅速地盘算一下今天用哪种货币，到哪个市场，去买什么。这看似复杂的操作，对于古巴人来说却相当简单。古巴法定货币是古巴比索（CUP，俗称土比索），另一种则是前面提到的可转换比索（CUC，俗称红比索），红比索和土比索的兑换率是1:24左右，和美元的兑换率则是1:1。政府配额市场收土比索，平行市场和自由市场两者都收，黑市只收红比索。

所以基本准则是，那些一看就没胃口的东西，用土比索到配额市场购买；而那些你惊鸿一瞥就惊呼"那真是我想要的东西"，多半得用红比索到黑市买；那些没有红比索又想改善一下生活的，则到平行市场和自由市场补充自己的菜篮子。古巴人工资的80%是用土比索来支付的。据美国《国家地理》报道，截至2012年中，古巴人月工资在250～900土比索之间，也就是12～45美元。低微的工资让古巴劳动人民秉承他们的工作哲学："我们假装工作，政府假装付给我们工资。"我问胡安，既然绝大多数古巴人的工资是用土比索来支付的，那么大家的红比索又是从哪里来的呢？胡安说："让上帝和卡斯特罗一起保佑我的堂姐安娜一家吧！"据估计，每年古巴人的海外亲戚汇进来的款项数额高达20亿美元，也就是说，古巴某种程度上是被那些革命后陆续离开它的人滋养的。

我们的雪佛莱喘着雄壮的粗气，驶过仿照华盛顿国会大厦建立起来的古巴旧国会大厦。这个西语为"El Capitolio"的新古典主义建筑前，总是停放着一长溜引擎盖宽大得好像游艇甲板一样的老爷车，从克莱斯勒到凯迪拉克再到斯蒂庞克，从紫罗兰色到粉红再到三叶草绿，就好像底特律汽车城在这里开了个怀旧博物馆。然后，好像还嫌此情此景不够梦幻似的，我耳边适时响起了瑞安·罗斯（Ryan Ross）的《蓝色雪佛莱芭蕾小姐》的旋律，那是胡安在哼唱，"And she's a blue Chevrolet, ballerina; She's a come and stay, dream believer; She's a blue Chevrolet, ballerina; They should've seen her drive away…"在一长串"Ly-ly-ly-ly-ly-ly-ly"的欢快过门声中，他忙里抽闲地对我说："说实话，我们古巴既没有本国统计数据上说的那么幸福，也没有那些在迈阿密的古巴亲戚们说的那么悲苦。不是吗？"

这辆年逾古稀的"雪佛莱芭蕾小姐"从哈瓦那老城中心舞过，沿途是以蔗糖时代积累的财富建造的16世纪殖民主义建筑，18世纪的巴洛克，19世纪的新古典新哥特，一言以蔽之：过时的凌乱风情。但最起码，它们尚未被那些逐利的房产开发项目染指。古巴就像个先是没落养父无奈丧失了抚养权，后又因理念不同跟继父闹翻的女儿，她天生丽质，可是断了经济来源，只好破裙烂衫随便裹裹。你深知，如果给个机会，让她好好装扮起来，必然仪态万方，可是，那股令人心驰神往、无法无天的野性也将随之荡然无存了。就好像你习惯了这位1955年的"雪佛莱芭蕾小姐"，谁想驾一辆2012年的雪佛莱科迈罗呢？

"你干得很好，菲德尔"

从老城出发，前往城南的革命广场。当哈瓦那制高点——高达109米的何塞·马蒂纪念碑近在眼前时，就意味着抵达了革命广场。广场是在古巴革命前最后一位总统巴蒂斯塔任期内修建的，但他并没有机会目睹这个荣耀工程的竣工，他被菲德尔·卡斯特罗赶到了美国。卡斯特罗将"公民广场"改名为"革命广场"。何塞·马蒂，这位42岁就牺牲在古巴独立战争疆场上的诗人和民族英雄，地位总算没有因为革命而变动。他端坐在为他树立的纪念碑前，右手搁在右膝上，蹙眉俯首，看上去有些愁苦。如果马蒂先生能够微微抬起头，在他的视线左侧，广场另一头，他将能看到一个同样也留着一撮拉美小胡子的人，但对方显然呈现出新一代革命者迥然不

同的表情。那具用黑色金属丝勾勒出来的雕像是切·格瓦拉，它占据了内务部大楼的墙面。切·格瓦拉的表情坚毅沉稳带着一张爱国者、救世主和拉丁情人经过艰难妥协后终于彼此谅解，愿意和谐相处的脸庞。

通讯部大楼上还高挂着卡斯特罗的另一位亲密战友卡米洛·西恩富戈斯的雕像。他是个大胡子，27岁时就在神秘的飞机失事中丧生了。他也有着鲜明轮廓的拉美脸，大胡子下，刻着他的名言："你干得很好，菲德尔（Vas bien Fidel）。"这是他在1959年1月8日，卡斯特罗击溃巴蒂斯塔后乘着坦克行军凯旋，进入哈瓦那时说的。就在此处，每逢"5·1"或"7·26"这些劳动者、革命者的庆典节日，百多万市民会云集在这个7.2万平方米的广场，菲德尔·卡斯特罗会兴之所致地发表长篇脱稿演讲，最长的一次，他连续讲了7个半小时而不知疲倦。

胡安说，他的父亲曾经在革命广场的倾盆大雨中倾听卡斯特罗的娓娓而谈。当时，菲德尔向人民激情四溢地宣读着革命前后新生儿死亡率、医院数目和识字率的数据变化。最终，潮水般的掌声盖过了雨水声。

菲德尔·卡斯特罗当年的确代表着一种全新的拉美政治气象，代表一种咄咄逼人的社会体制变革，呈现出一种要变天的不可阻挡的气势。如果没有卡斯特罗，古巴只是另一个多米尼加或尼加拉瓜，政府腐败低效，贫富差距极大，也不见得有什么真正的民主。

这个狮子座男人比国内外政敌都活得长，从2006年起就被认为垂死的菲德尔·卡斯特罗已经积极地活了7年多，就连他的好弟子委内瑞拉前总统查维斯自己也被病魔击溃了，可他还坚韧地活着。他再也无法在革命广场发表演说，便转而在古共机关报《格拉玛》的个人专栏里继续他的革命事业，专栏名字从最先的《来自总司令的思考》改为低调的《来自菲德尔的思考》。他也顺势卸下了伴随其大半生的、给西方人以恐惧感的橄榄绿军服，开始以恩宝运动衫和阿迪达斯球鞋公开亮相。

1959年1月2日，美国电视播出了CBS著名新闻主持人爱德华·默罗（Edward R. Murrow）叼着香烟采访当时住在哈瓦那希尔顿酒店23楼的菲德尔·卡斯特罗的录像。主持人问及他何时再访美国，他说有机会就会去。默罗又问会带着胡子还是不带胡子，卡斯特罗说这段时间不会剃掉胡子："当我们完成了建成一个好政府的承诺时，我将剃掉我的胡子。"

菜单由海峡对岸决定的餐厅

胡安开车送我到了Cafe Laurent餐厅，他从来不知道住家附近还有这
样一个被《纽约时报》推荐的哈瓦那热门餐厅。这种私人餐厅在古巴被称
为Paladar。上世纪90年代初，个体餐厅在中国已经司空见惯，在古巴却
还处于地下非法状态，直到1993年开始经济改革，私人餐厅才合法化。
Paladar食物水准起伏不定，这通常取决于他们的"mule"，也就是为餐厅
带货的人是否能将食材和佐料及时从佛罗里达海峡的另一边捎来，这也给
其菜单带来了某种莫测性。

Cafe Laurent坐落于Vedado区的一栋上世纪中期建成的五层居民楼的
顶层。在晚间要找到这家藏身小区深处的餐厅毫不费力，只要抬头仰望，
一栋栋昏暗的楼房中，赫然有那么一栋的顶楼灯火辉煌，露台上还有白色
纱帐在飘扬。居民楼的内装是苏式的，显然是革命胜利后兴建的预制板式
公房，电梯声音震耳欲聋，四面都装了镜子。

乐手们在哈瓦那五分钱小酒馆演奏

屋内的墙上糊满了上世纪50年代的报纸广告，而露台上的那些白色纱帐很有当代迈阿密泳池边遮阳篷的感觉，从屋里走到露台上，就好像革命从未发生过。一切关于私营经济的尝试，就是"摸着石头过河"。这也和现任的古巴领导人劳尔·卡斯特罗的态度有关。

菲德尔·卡斯特罗2007年病重时将国家权力移交给劳尔，此后这位年轻5岁的弟弟进行了一系列市场经济改革，比如：取消国家雇员的收入上限，解除对电脑、DVD播放机、手机和其他消费品的销售禁令，允许古巴人入住当地高级酒店，从中国进口宇通客车以取代一次可载客400人的18轮巨型苏制柴油公交车，花费20亿改造公路，修建高速公路等等。政府对媒体控制也开始放宽，甚至有了一个24小时播放包括Discovery Channel在内的节目的频道。2011年，古巴更是解禁了房地产交易，古巴人从过去的"住房互换"变成自由交易。

而在这一系列改革中，最令胡安感兴趣的，莫过于出国和移民法规的放松。之前，古巴人出国除了需要对方国的邀请信，还要耗费漫长的时间申请昂贵的出国许可证（俗称"白卡"，费用为140美元，是古巴人平均月工资的六七倍）。如今出境许可即将取消，古巴政府允许公民滞留国外的期限也从11个月延长至24个月。

美国针对古巴移民有"湿脚/干脚"政策，漂泊在海上算"湿脚"，而从你踏上美国国土成为"干脚"的那一天起，满一年就能申请并拿到绿卡。按照古巴改革前的规定，离开古巴11个月，古巴国籍失效，却还来不及取得美国身份，面临两头不着港的风险。现在则可以笃悠悠等到美国绿卡，再决定回不回古巴。这让胡安开始蠢蠢欲动地设计起他的未来生活：先想办法出境，美国每年发放给古巴申请者的约4万个签证如果没他的份，他就去和美国接壤的第三国，比如墨西哥。只要把那双大脚踏上美国国土，就基本意味着绿卡到手，万一不适应美国生活，也有抽身而回的余地。这比想方设法自制小舢板从海上偷渡的风险小很多。

胡安清楚地记得1994年那个炎热的夏天，还是少年的自己踩着中国支援给古巴的自行车，经过马拉贡所看到的情形。那年，"特殊时期"中饿坏了的古巴人通过各种途径逃离古巴。8月5日，古巴军方拦截了4艘欲图逃往美国的渔船，引发了哈瓦那人在马拉贡海滨大道上的骚乱，这是1959年以来最大的一场群众示威抗议活动。胡安被乱石打破了头，自行车也不知所踪。他撩开刘海，让我看前额上仍然隐约可见的疤痕，说这就是自己不会考虑乘船逃往美国的原因。

次日，卡斯特罗亲自前往马拉贡，向大家保证"如果你们自己选择要走，政府不会阻止"。一场本来气势汹汹的抗议活动，最后就这样草草收场了。

哦，至于Cafe Laurent的菜式，我点了一个用"Salsa Espejo"酱炒的猪里脊。那个神秘的"Salsa Espejo"，翻译成中文是不明就里的"镜子酱"，吃上去除了酸甜的味道外，完全没有什么镜子般的魔力，猪里脊则明显炒过了火候，有点难以咀嚼。我听从了胡安的建议，没有点牛肉。胡安说，吃牛肉，你还得到国营饭店，牛肉在古巴可是稀罕物，一般只特供给政府涉外单位，私人餐厅即使可以到黑市高价买牛肉，质量依然比不过国营餐厅。可是，我发现胡安还是默默地点了两份主菜：牛肉丸子和洋葱牛肉。毕竟对本地人来说，眼前的牛肉，永远是最好吃的牛肉。在配额供应体系里，每个古巴人每年只能分到两三次牛肉，一次仅半磅。这促成了黑市非法宰牛的兴旺，为此政府只能对那些非法屠宰的人处以重刑，你会听到古巴人认真地对你说："非法杀头牛判的刑可能比杀个人还重呢。"

"文化体验"

饭后，我们去了Café Taberna，哈瓦那的第一间咖啡馆，成立于1772年。现在，它为了纪念曼波王子、古巴最伟大的流行歌手Benny Moré 而存在。这里每晚都试图复制着"美景俱乐部"那个时代的音乐。演出开始前，咖啡馆的露天小庭院里，平均年龄七十多岁的音乐老枪们在那里抽着雪茄候场。再等一会儿，他们就将起身，拍掉身上的倦意和烟火气，走回咖啡馆的乐池了。

我身边坐了一桌50岁左右的美国妇女，她们是一群美国教师，因参加一个叫"People to People"的文化交流项目合法地来到古巴。正由于以"文化交流"的名义，她们不准去海滩、商场或棒球赛场之类通常游客想光顾的地方，因为这些都不能给她们带来"文化体验"。一个脖子上挂着观音挂坠的女士开始向我讲述她们刚才的经历："那些穿着暴露的古巴女孩子坐在里面，等着外国男人们给她们买饮料，10点半一过，她们就开始站起来摩挲其他男宾的肩膀了！那些人妖则苦苦等在门外，等外国女人带他们进场。他们用英语说，'女士，我爱你！'我看啊，这才是真正'People to People的文化体验'呢。"

乐队开始表演了，沸腾的无政府气氛在第一个音符跌落在空气中时，便已开始悄悄酝酿。最后，序曲响起，是"美景俱乐部"（Buena Vista Social Club）歌手孔佩·塞贡多（Compay Segundo）的经典之作《Chan Chan》，美国女教师们被邀上了台，开始和一群年轻舞者抖动腰肢。掉了牙齿的老伯开始唱："我从艾杜西曹前往马卡尼，我去到切杜，然后去马也利，我不能否认我对你的爱。我在流口水，没有办法，当云坦妮和Chan Chan在沙滩上玩沙时，她扭动肥臀，Chan Chan意乱情迷……"

脖子上挂着观音挂坠的女士和胡安愉快地交谈了起来。后来我从胡安那里知道，这已经是她第三次到古巴来，就在古巴人都拼命要往外跑时，她却想留在古巴，为自己找个古巴丈夫。她激愤地控诉着："对你们古巴人来说，合适的老外结婚对象，永远是加拿大人排第一，西班牙人、意大利人也不错，我们美国人总是被排在最后！"胡安柔声劝慰她说，"这也不一定啊"，最后向她承诺，"这件事就包在我身上了，大不了，你可以把我领走"。

哈瓦那的最后一个黄昏

这是我在哈瓦那的最后一个黄昏。穿着初夏的衣裳，我从总统饭店出来，向12月的马拉贡大道北行而去。马拉贡大道和G街交界处那幢玻璃好像随时准备稀里哗啦掉落下来的大楼，是古巴外交部。门口没有荷枪实弹的卫兵把守，只有一个腆着大肚子，一直在看手机的草绿军装大叔寂寥地守在门口。那些在建设时设想的喷泉或小池子，现在变成了一个个盛放垃圾的大型容器。

我对外交部对面的何塞·马蒂体育场（Estadio José Martí）异常感兴趣，每天长日将近时，总会去那里转一转。这座当时想给人带来强硬未来感的苏联共产主义风格体育场，现在就像一个被早已奔往外星球的飞船永久遗弃的港口。顶篷颇具科幻气息的看台早已进入风烛残年，周边墙上用油漆刷着"摇摇欲坠"的字样，提醒人们慎入。然而，一个年轻人一溜烟钻进看台下的一个破洞，他们把它作了更衣室，里面有粪便的气味。青年迅速更完衣，加入足球场上的战团。

此时，何塞·马蒂体育场的近处弥漫着儿童学骑自行车的叮咚铃声，拳击手出击的砰砰声，女孩们捉迷藏的欢叫声，男孩们挥棒击球的梆梆声；稍远处，是小伙子们在足球场的奔跑呼喊声；再远处，就是来自佛罗里达海峡的浪花越过防汛墙，在人行道上摔得粉碎的痛呼声。而那些孤独地绕着足球场的长跑者是沉默的，他们以近乎一致的间隔时间，一次又一次打你身边经过。大家沉浸在自己的世界之中，并不需要观众鼓掌或喝彩，看台上也的确没法坐人，就好像这个国家一般，在加勒比海这个舞台上孤独地表演着。再过十来分钟，我在古巴的最后一抹夕阳就会永久消逝。

我拦下了一辆正好从我身边经过的Cocotaxi，和马拉贡平行着，我们最后一次向哈瓦那老城进发。我戴上耳机，找到"美景俱乐部"那些老枪们的歌，是的，这是此刻我最需要的告别曲——没有意识形态，没有经济改革，不论过去，亦不谈将来。我要去老歌手依伯拉海姆·费热（Ibrahim Ferrer）曾挽着太太徜徉过的那条哈瓦那老街：镂空拉花的铁门，粉蓝斑驳的外墙，不知所措的流浪狗，坐着或站在门口的邻人……

依伯拉海姆唱着："送你两朵栀子花，是想告诉你，我爱你，我仰慕你，我的爱人，把爱心给它们吧，我俩心心相印……"

Chapter 04

JAVA

文 _ 刘子超

爪哇
遗忘在爪哇国

在爪哇，我见识了繁华而凌乱的雅加达，也看到了被刻意
回避的历史。我参观了雄伟的婆罗浮屠，却发现它早在
一千年前即被遗弃。我整日听到伊斯兰的唱经声，明白那
只是一种信仰，与爪哇的文明无涉。我在人群散去的火山
小镇游荡，发现它美得近乎忧郁。最终我抵达强有力的硫
磺火山口，它用人的故事告诉我，这才是爪哇的灵魂。

雅加达，斋月前夜

这一夜，整个雅加达仍然开门卖酒的地方只有这家"天吧"（Sky Bar）。它坐落于城市的最高处，俯瞰着可能是整个赤道地区最汹涌的夜色。那是一片带着点魔幻气息的巨大虚空，闪耀着大型跨国公司的招牌与车流构成的光带。在来到爪哇之前，我穿越了整个南中国海——然而此刻，我却很难意识到自己飞了这么远。在52层楼的高度，在俊男美女身边，雅加达模糊了它的个性，与曼谷、西贡甚至广州达成合谋。不止一次，我狐疑地打量眼前竹笋般从雾霭中升起的高楼，试图分辨这一切和在广州四季酒店顶层的"天吧"看到的有何不同。

然而，我亦深知，俯瞰一座城市是轻松惬意的，能得到的也只是明信片似的印象。一座城市和一个国家的全部实质——它的历史、性格、态度——只能像剥洋葱一样，层层剥离。

来爪哇之前，我就了解到以下事实：这个国家约87%的人口信奉伊斯兰教，雅加达是世界上穆斯林人口最多的首都——这里的一天是从响彻天空的唱经声开始的；这个国家由17508座岛屿组成，100多个民族，739种语言，这意味着雅加达是一盘货真价实的种族、文化、道德的大杂烩。

对旅行者来说，如果纽约是"大苹果"，那么雅加达就是"大榴莲"。它表皮坚硬、带刺，幽然散发出腥臭的甜香，让习惯者欲罢不能，却令初来者难以下咽。

这种不适感首先体现在"风"这一自然元素的匮乏上。因为地处赤道附近，风几乎很难造访此地。走在雅加达，你或许可以偶然观察到一股热气流从铁皮屋顶卷起，或在夜晚开窗时，感到一阵空气轻微的抽搐——但仅此而已，那绝然算不上风，也没有风理应带给人的舒爽。

"想想无关紧要的事吧，想想风，"作家杜鲁门·卡波特写道。在雅加达的最初几日，我的确为风的缺失愤愤不平，仿佛一项宝贵的天赋人权被无情剥夺了。

不适感也体现在雅加达的过分喧闹和混乱上。在这座城市，汽车和摩托车同样多，人比汽车和摩托车相加还多。2006年，爪哇人口就达到1.3亿，超越日本成为世界人口最多的岛屿，而其面积却只有日本的三分之一。尽管北京并不是一个容易让人产生交通优越感的地方，但是在雅加达的几日，我一边像迷途的羔羊，被裹挟在肿胀不堪的街道上，一边充满

日惹图古纪念碑

日惹苏丹王宫内的服务人员。苏丹王宫建于1756年，由日惹苏丹国首任国王修造，印尼独立后，政府允许王族成员继续生活在宫内

了阴险的民族自豪感。这里到处是呛人的尾气和轰鸣的噪音，在热带骄阳下，有一种海市蜃楼的不真实感。过马路是真实的灾难，因为信号灯少之又少，而车辆则对斑马线熟视无睹。除非甘冒生命危险，否则站在原地一小时也动弹不得。当地人说，他们对雅加达的交通也相当恼火，可是恼火归恼火，大有恨铁不成钢，不如忘到爪哇国的好心态。

雅加达是赤道地区最强健、最活跃的经济体。在这里，我感到所有人都习惯早起。虔诚的穆斯林早起晨祷，数不清的小吃档口则趁漫长的闷热降临前，开始一天的生意。他们奇迹般地从街头巷尾冒出，让人深感没有什么力量——洪水也好，殖民也好——能够将这种热带植物般的生命力消灭。

不适感还体现在爪哇人在人情世故方面的独特性上。

"他是巴塔克人"，"他是爪哇人"——在雅加达，我时常被好心人如此提醒。这并不是价值判断，也并非种族歧视，只是友情提示一个外国佬，这个国家缘何如此运转。

巴塔克人，来自苏门答腊，以性格直率、热情好斗著称，而爪哇人则

黄昏，巴厘岛金巴兰海滩上踢球的
少年

是不同寻常的礼貌和委婉的代言人。巴塔克人和爪哇人喜欢讲同一则笑话来表达彼此的不同——在一辆拥挤的公共汽车上，一个人的脚被踩住了。此时，巴塔克人会怒目圆睁，一把推开踩脚者，而爪哇人则会彬彬有礼地说："对不起，请原谅我的冒失，但在不久的将来，我可能会用到这只脚，如果不太麻烦的话，可否把您的脚移开呢？"

　　爪哇人总是尽量避免与人针锋相对，因此想从他们口中听到明确的判断，是件相当困难的事。比如在"天吧"，当我拿出相机准备拍照时，穿白衬衫的爪哇侍者出现了。

　　"对不起，先生，您不能用专业相机拍照。"

　　"为什么？"

　　"这里不允许用专业相机拍照……"

　　"那么用卡片机可以？"

　　"呃，如果您本人作为照片前景的话……"

　　"什么意思？那我用手机拍一张总可以吧？"

"如果您不拍夜景的话……"

"岂有此理，不拍夜景，那我拍什么？"

"如果您本人作为照片前景的话……"爪哇侍者依然有礼有节，但不屈不挠，"这是经理的规定。"

"可为什么？"

"因为本酒吧原则上不允许拍照，如果您实在想拍照，我们的建议是……"

我最终放弃了拍照，这让我和爪哇侍者都松了口气。

如果抛开全球化的陈词滥调，雅加达在许多方面仍然是一个独特的存在。它横亘在每到雨季就洪水泛滥的平原上，绵延数十千米。既没有中心，也很难说有什么边界。它像一件被随手扔在岸边的旧夹克，污渍斑斑，即便是那些炫目的大厦，也并不标榜与之相称的文化深度，更不遮掩背后一片片灰色混凝土郊区组成的丛林。

很难相信，荷兰人曾经在这里统治过三百多年，把这里称作"巴达维亚"，古语"荷兰"之意，因为如今这里已经见不到什么荷兰人留下的痕迹。

这里既没有阿姆斯特丹的从容，也缺乏让后殖民学者感兴趣的"异国情调"。满大街的罗马字母，不是荷兰文，也不是英文，而是印尼文，其中一些词的字根来自梵语，暗示着爪哇与古印度文化的飘渺渊源。实际上，"雅加达"即是梵语"胜利之城"的意思，尽管胜利对于这座城市来得并不算轻松。

作为印度尼西亚的首都，和爪哇岛上最重要的城市，雅加达是一座充斥雕像及革命纪念碑的城市。它们与城市的日常生活毫不相关，建筑风格也大相径庭，可展示的情绪则是相同的：国家独立的自豪感、对宏大叙事的渴望。

印度尼西亚是一个无比年轻的国家，其所有领土作为一个单一的国家概念，才形成不到一个世纪。"Indonesia"这个词本身也一直鲜为人知，直到上世纪20年代，荷属东印度群岛的殖民地人民才用这个词称呼他们梦想中的独立国家。

到了1965年，印尼的共产党人数已经超过300万，苏加诺暗中决定武装该党，作为牵制军方的力量。然而陆军司令苏哈托率领的军队最终占据上风。他软禁了苏加诺，更以反共清洗为由大肆杀戮。10万人被捕，100万

苏丹王宫里穿着传统服饰的侍卫，在宫里
服务三年以上才有资格佩戴短剑，爪哇人
通常把这种格利斯短剑视作传家宝

"共产党"遭到屠杀。这场政变的残酷性前所未有，即便到了今天，谈论此事的印尼人依然感到惶恐和不可思议，就像一个成年人远远打量自己青春期时无法理喻的暴力阴影。

苏加诺于1970年病逝，很多印尼人认为，他是位风度翩翩、富有魅力的政治家。他也不负众望地娶了八个妻子，其中一个还是日本酒吧的女招待。他是印度尼西亚的缔造者，对宏大叙事的爱好几近偏执。早在上世纪60年代，他就希望把雅加达打造成一个国际化的大都市，于是斥资建成10条车道的坦林大道（如今依然堵得水泄不通）。他还建起一系列引人注目的民族主义建筑，比如被戏称为"苏加诺最后的雄起"的民族独立纪念碑，以及当时世界上最大的清真寺——伊斯蒂赫拉尔大清真寺。

无论是理性还是铺张，这些建筑都成为雅加达今天的地标。

我参观了民族独立纪念碑，132米高，矗立在自由广场上。从1961年开始建造，直到1975年才完工，由政变者苏哈托剪彩。纪念碑用的是意大利大理石，顶部则由35公斤的金叶贴合、镀金。远远看上去，纪念碑一柱擎天。走近了才发现，原来可以通过一个地道，进入纪念碑的内部——它的地下室已被改造成国家历史博物馆。

我喜欢历史博物馆，在世界各地旅行时顺便看过不少，但是连一件（哪怕一件！）"历史实物"也没有的历史博物馆还是第一回见。在这个超现实主义的笨重结构里，陈列着48个微缩景观模型，像过家家似的，描述印度尼西亚争取独立和建国的历史。也许是为了彰显建国之路的漫长多艰，每组模型间都刻意隔着很长的距离，而模型本身又很小，实际看上一圈相当费腿、劳神。

我一路看过去，在1955年万隆会议的模型前长久驻足。在我所受的历史教育里，万隆会议是一次胜利的大会。周恩来总理在会上重申"和平共处五项原则"，展示出非凡的魅力，无疑是万隆会议的"灵魂人物"和"真正主角"。

可我定睛细看，发现台上慷慨陈词的男主角不是周总理，而是苏加诺。他戴着黑色清真小帽，手臂高举，主席台上聆听的各国元首纷纷露出钦佩的神情。

我终于醒悟：历史就像一摊泥巴，把泥巴捏成何种形状大有学问。在印尼人民心里，万隆会议的真正主角是苏加诺——他们亲切称为"Bung Karno"的"加诺兄"。

真实的历史究竟是何模样？我望着眼前的模型，感到一阵迷茫，仿佛置身历史"薄雾馆"。

我又寻找关于1965年军事政变、反共屠杀，及苏哈托在之后30年军事独裁统治的模型。不用说，它们都被刻意回避了，仿佛一缕青烟，消散在历史叙事中，而让"缺失"成为一种"言说"。

好在这地方印尼人自有妙用。虽然像样的藏品一样没有，却因地下室兼具昏暗、阴凉两大优势，门票又便宜（合人民币1.8元），着实吸引了不少青年男女。他们找个角落席地而坐，国家历史这类煞有介事的话题，在爱情火苗前轰然崩塌。我还看到一家老小铺上席子野餐，享受天伦之乐——也许这才是此家博物馆的正确用途。果不其然，走了一圈，我发现特意付钱跑这里看微缩模型的好事之徒好像仅我一个。

最终，一种怀旧的本能将我引向了这个已逝的殖民地的核心，位于城区北部港口的哥打——曾经的巴达维亚古城。在残破的街景中，我发现昔日帝国的幽灵仍然在这里徘徊。

在著名的巴达维亚咖啡馆，一群追忆往事的荷兰人，正端着曼特宁咖啡，坐在二楼高高的天花板下，吊扇有节奏地搅动着午后略显沉闷的空气。窗外是鹅卵石铺就的法塔西拉花园，耸立着建于1912年的老巴达维亚博物馆。如今，落满灰尘的陈列柜上摆满各种各样的哇扬木偶，注视着人来人往和时光变迁。

巴达维亚的创始人扬·彼得松·库恩的纪念碑就在楼下的庭院里。1619年，正是他率领荷兰军队夷平了雅加达人的城镇，建立起荷兰东印度公司的总部，成为荷兰统治爪哇乃至整个东印度群岛的基地。

在这里，荷兰人建造高高的房子和瘴雾弥漫的运河，建起荷兰式吊桥。自始至终，他们心目中的蓝图是把雅加达建成一个热带的阿姆斯特丹。因为从未想过离去，总督范·霍夫将自己的宅邸修葺得格外宏伟，红色的砖墙，宽大的窗棂，只有最尊贵的殖民地官员和他们的家眷，才有资格透过那些窗户眺望满是帆船的港口和椰子树。

市政厅早就被改建为雅加达市立博物馆，陈列着一些荷兰殖民时期的家具。门口的青铜大炮，是荷兰人攻克马六甲的战利品，尽管风吹日晒，仿佛仍可随时点火。一对雅加达情侣正倚在大炮上拍摄婚纱照，女孩穿着白色长裙，男孩穿着爪哇贵族的制服，面露羞涩。

他们并不感到孤立。法塔西拉花园如今已成为年轻人、艺术家、流浪

婆罗浮屠佛塔

汉和小贩们的乐园。头戴纱巾的女孩们在这里骑车，穿着夹克和套头衫的男孩们三五成群地聊天、弹吉他，刺青艺术家展示着他所发明的图腾，流浪艺人牵着猴子当众表演，发福的女人们则向游客推销着gado-gado和bakso——前者是花生酱拌什锦蔬菜，后者是奥巴马最怀念的牛肉丸。

这一切的背景，是那些内部已经荒废或濒临荒废的殖民地建筑。洞开的大门里躺着几个酣睡的当地人，对旅行者的窥探早已司空见惯。是他们接管了荷兰人的房子，接管了巴达维亚，顺便也接管了过去，让那些帝国的幽灵无家可归，只好永远凄凉地徘徊下去。

出于一种考古的冲动，我沿着腥臭的运河，向更北面的咖留巴港走去。当地人曾经雄心勃勃地计划重建整个咖留巴地区，在摇摇欲坠的建筑上兴建新的博物馆，这些计划终于搁浅。我看到的是一个被遗弃的世界：露天垃圾场、裁缝铺、修鞋匠、卖鞋垫的，私人宾馆破败不堪，停车场里停着上世纪70年代的公共汽车，一群上世纪70年代长相的当地人（可能是印尼华人）正在汽车的阴凉下打牌。太阳毒辣无情，仿佛要点燃一切。

东印度公司的货仓被华人老板收购后改建成了一家咖啡馆兼文化机构，这是附近唯一像样的地方，有着绿草茂盛的庭院和廊柱支撑的走廊。然而店员李世强对我说，这里每年雨季都会进水，没过膝盖——河道堵塞的原因。

"你会发现，雅加达的富人盖房，都会把地基提高一尺。"他比划着说。

李世强是雅加达出生的华人，祖籍广东梅县，说一口带爪哇腔的汉语。他的父母在民国时期来到这里，一家人再没有回过中国。我向他了解当地华人的状况。他说，不容乐观，隔阂一直存在，悲剧的发生只是时间问题。因为华人在这里大都很成功，当地人表面上恭敬，内心却保持着警惕。

1997年亚洲金融危机爆发，印尼经济曾一落千丈，统治国家三十多年的苏哈托被迫下台。雅加达爆发了大规模的骚乱，大批华人遭到抢劫、强奸和屠杀——这只是历史上众多排华事件中的一次。

"华人像是220V的电流，而整个印尼只能接受110V电流，作为电压转换器的政府一旦出现问题，华人就会遭殃。"李世强说，"这就是为什么每次社会动荡，华人总是首当其冲。"

在通往港口的路上，我不时想着李世强的话，感到雅加达的很多东西都没有发生改变，只是在循环往复中运行。就如同眼前的港口，虽然历经几个世纪，却依然维持着当年的样子。一个蹲在码头上的老人向我招手。他说，只要3美元，就划船带我去入海口兜一圈。他的脸上布满皱纹，目光中带着早期白内障的白雾。我给了他钱，跳上一只小舢板，看着他把瘦小的身躯随意搁在船头，不再说话。

除了那只摇橹的小臂，老人的身体几乎保持不动，脸像枯叶一样丢失了表情。在烈日下，他带我驶出港口，向着更宽阔的海面驶去。

婆罗浮屠和普兰巴南

从雅加达前往日惹，是在穆斯林斋月的第一天。前晚，我刚在"天吧"喝过酒，清早就在《雅加达邮报》英文版上看到政府发出的警告。上面写着，有些极端分子专挑斋月开始时袭击外国人光顾的酒吧——看上去并不是开玩笑，近几年雅加达和巴厘岛都发生过针对使馆和涉外酒店的恐怖袭击案，好酒店全都如临大敌，围上了防冲撞的铁栏，进入的车辆也得接受全面防爆检查。

我就是在这样的日子赶往日惹，坐的是早上出发的特快列车。因为担心斋月期间吃不上饭，特意买好了水和面包。

雅加达到日惹560多千米，要开8小时。所幸座位够宽敞，也没有吵闹的小孩。一上车就戴上耳机，一边优哉游哉地听音乐，一边看印尼作家普拉姆迪亚的小说。窗外是一晃而过的清真寺，稻田像华北平原一样辽阔，笼罩着一层薄雾状的火山灰。勉强算得上问题的，一是窗户打不开，二是空调开到了冷冻室的温度。一些有备而来的印尼人甚至裹上毛毯，穿上皮衣——对热带人民来说，这温度确实够受的！

进入中爪哇，风景为之一变。之前一望无际的平原，忽然被葱郁茂盛的山峦代替。天空压着极低的云，铅灰色的溪水，流过黑色的火山岩。雨水很快就下来了，像泪水流过车窗，也摇荡着路边的芭蕉树。

我想起在雅加达参观伊斯蒂赫拉尔大清真寺时也在下雨。这座清真寺建成于1978年，能同时容纳二十多万名信众。当时正是中午，阿拉伯语的唱经声透过宣礼塔响彻天空。一瞬间，我感到整个雅加达都显得驯服而安静。我光着脚走进清真寺，在阿訇的带领下，静静地观看。

如今，印度尼西亚是世界上穆斯林人口最多的国家，却并非伊斯兰国家。被很多人视为一种妥协的潘查希拉（Pancasila）是这个国家的哲学纲

梭罗Sriwedari剧院传统歌舞剧表演

领。苏加诺曾将它阐述为"西方民主、伊斯兰教、马克思主义和国内乡土传统的结合体"写入宪法。在苏哈托时期，它更被上升为祷文的高度。潘查希拉倡导一种包容的哲学和天下一家的思想。这或许解释了伊斯蒂赫拉尔大清真寺的设计者为什么是一位天主教建筑师。当我走出大清真寺，发现仅仅一街之隔的马路对面就是天主教大教堂（建于1901年）哥特式的双尖顶。

然而，不管拥抱哪种文明——我不乏偏见地认为——印尼人都是在进入别人的世界，而与他们自己的世界渐行渐远。

早在伊斯兰教来到之前，印度教和佛教控制着印度尼西亚的各个主要地区。位于苏门答腊南部的室利佛逝国信仰佛教，公元7世纪开始出现在唐朝典籍中。据说，它是一个统一但时常迁都的王国，它的水手可以在苏门答腊岛和爪哇海周围各港口聚敛胡椒、象牙、树脂、羽毛、龟壳、珍珠，然后把它们带到中国，再从中国带回丝绸、陶瓷和铁器。

当时的统治者接受了印度的王权观念，采纳了印度史诗《罗摩衍那》和《摩诃婆罗多》，他们愿意接受印度文明，是因为这种世界观的功利价值，宗教大大提高了他们自身的权威，这也是婆罗浮屠被建造起来的本质原因。

无论从何种意义上看，婆罗浮屠都是爪哇岛上最著名的旅行地——它离日惹只有40千米。亚洲的佛教遗迹我去过不少，从已经基本损毁的鹿野苑，到保存完好的吴哥窟，可只有婆罗浮屠给我一种完全超然物外的感觉。和当地人聊天，他们对本地旅游业也是一副无所谓的态度，你来也好，不来也罢，悉听尊便，无期待也就无痛苦。较之很多执著于招揽游客的旅行地，婆罗浮屠的姿态更让我受用。毕竟这地方在火山灰下埋了一千多年，应该有种空寂、苍茫感。

在售票处围上纱笼（表达尊敬），喝了免费奉送的咖啡，顺着公园一样的林荫路一直走，便是婆罗浮屠。初看似乎比想象中的小，不过还是忍不住发出一声赞叹。如从天空俯瞰，婆罗浮屠的结构是一个三维的曼陀罗，代表佛教万象森列、圆融有序的宇宙。实际看上去，更像一个外星人留下的神秘遗迹。因为至今婆罗浮屠的早期历史依然成谜。人们只知道它是由当时统治中爪哇的夏连特拉王朝，在公元750～850年间的某个时候建造的。至于因何而建，哪里请来的工匠，费时多久，如今都已淹没在历史的迷雾中。

婆罗浮屠由200万块石块建成，毫不夸张地说，几乎覆盖了整座小山。可以想见，建造这样的东西，要耗费多少人力和物力。然而离奇的是，在婆罗浮屠完工后不久，夏连特拉王朝就被他国攻破。夏连特拉王子被迫逃往苏门答腊，入赘室利佛逝国，而夏连特拉的势力被逐出中爪哇。这意味着从建成之日起，婆罗浮屠就被荒废了。

我想象着这里荒草凄凄的景象。只有不远处的默拉皮火山注视着一切。它不时喷发，使婆罗浮屠的地基整体性下沉，最终被埋在厚厚的火山灰中，又被四周疯长的热带丛林掩盖。

它被遗忘了近十个世纪，一切仿佛没有发生过，也没有任何爪哇文献记录它的存在。具有讽刺意味的是，它本是一个古代帝国"永不陷落"的标志，但却被证明徒劳无功——一如历史所一再证明的。

直到1815年，英国人托马斯·斯坦福·莱佛士爵士（莱佛士广场就是以他命名的，他也是第一本爪哇历史的作者）才重新发现这座沉睡千年的佛塔。之后，荷兰人开始对婆罗浮屠进行修复，但发现支撑建筑的山体早已浸水，巨大的石块群也已陷落。荷兰人离开后，婆罗浮屠的修复暂告停滞，刚刚获得独立的印尼人正忙着建设新兴国家，无暇顾及这片早就被祖先遗弃的土地。到了1973年，政府仍然无力修复，联合国教科文组织出面支付了2500万美元，耗时10年时间，才将婆罗浮屠最终修复完成。

婆罗浮屠变成了爪哇乃至印度尼西亚的骄傲。我在官方的宣传册上看到，它与中国的长城、印度的泰姬陵、柬埔寨的吴哥窟，并称为"古代东方的四大奇迹"。然而与前三者不同的是，婆罗浮屠已经无法被它的人民完全理解。人们惊叹于它的工艺，骄傲于先人的智慧，可是工艺之下那个曾经繁盛一时的佛教文明已经在爪哇消失——这里是伊斯兰的世界，而宇宙间只有一个真主——"安拉"。

1985年1月21日，婆罗浮屠的9座舍利塔被9枚炸弹严重损坏。1991年，一位穆斯林盲人传教士被指控策划了这次袭击。他被判终身监禁。我站在婆罗浮屠的顶层，看到佛陀慈悲微笑，眼前是绵延的群山、低垂的天际线和茂密的棕榈林。

日落以后，天空布满了星星，昆虫和青蛙的鸣叫不绝于耳。我在婆罗浮屠对面山上的茅草屋里，吃烤羊眼肉，喝葡萄酒，雾霭下的热带丛林美得令人窒息。突然之间，散落在群山间的村子开始晚祷，整个世界几乎同时响起了唱经声。那个拖着长音的男性咏叹调，通过宣礼塔伸向四方的喇

叭，漫山遍野，水一般地弥漫……

祈祷一直持续到深夜。

在爪哇，并非每次发现都是快乐的。风景过于斑驳，现象错综复杂。如果你试图找到一种思考框架，使所见的一切如星座般各安其位，结果多半是让头脑变得更加混乱。

从伊斯兰的角度理解一切，或许会容易很多，可惜它到达这里的时间还不足以形成文明。在雅加达国家博物馆里，我甚至无法找到与伊斯兰相关的任何内容——馆里展出的只是土著文化和各个时期留下的佛像。

我们乘巴士去普兰巴南，这回是印度教的遗迹，位于日惹东北16千米。和婆罗浮屠的命运一样，普兰巴南建成后不久就被遗弃，然后在历次火山喷发、地震和偷盗中，化为悲剧性的废墟。

寺庙群紧挨着公路主干道，站在路边远眺，大湿婆神庙的尖顶甚为壮观。实际走进去，发现仍有大片倒塌的石块，听之任之地散落、堆积在原地。大量断手断脚、无法修复的佛像，立在草地上，像屠杀过后的现场。

环绕大湿婆神庙的走廊内壁上，雕刻着《罗摩衍那》中的场景，讲述的是罗摩王的妻子悉多如何被诱拐，以及猴神哈努曼和白猴将军如何找到并解救她的故事。这个故事仍然作为爪哇传统戏剧的一部分，在普兰巴南村的露天剧场上演。

从博物馆的旧照里，我看到1885年荷兰人发现这里时的情景。当时，这里是一片更加荒凉的废墟，到处长满荒草，野象横行，而那些荷兰人迷茫地坐在石头上。

在某种程度上，这种迷茫我能够感同身受。一个如此宏大的建筑被轻易地遗弃，一种压倒性的文明彻底消失，无论谁也是难以理解的。即使是拥有现代化机械的今天，想完全修复普兰巴南也困难重重，更何况在古代？那需要多么大的信心、恒心和毅力？

我深深地感到，这里展示的不是文明，而是文明的丧失，是一种被时间遗弃的力量。那些已然倒塌的是现实，而那些被好意修复的，与其说保存了现实，不如说像镜子一样映照出现实的残酷。

对我来说，同样残酷的现实是，在苦等一个多小时后，被告知开往梭罗的商务列车坏了，不得不换乘无空调亦无座位的普通列车。我蜷在行李箱上，看着对面一个表情忧郁的中年人：牛仔裤，黑色T恤，山寨雨果博斯夹克衫。稻田依然无休无止，可车门无论如何无法关闭。也许应该庆幸才对，因为风顺着门缝涌进闷热的车厢，如同上天的恩赐。

这才是爪哇，我心想，一个在现实性中运转的国度。

那天晚上，我无所事事地去梭罗剧场看戏，买的VIP票，合人民币2元。戏是爪哇传统戏，散发着印度史诗的诙谐与荒诞。散场出来已是10点多，可剧场外依然热闹非凡：一群下国际象棋的光脚男子，一支演奏流行歌曲的业余乐队，几个练习英语发音的大学生，各色各样的沉思者。透过头顶的树叶，新月撒下它的光辉，可兴致勃勃的人们毫无散去的迹象。

回酒店的路上，经过城市的主干道。我惊奇地发现，大街两侧停满了摩托车，成千上万的年轻人或坐在、或躺在、或靠在马路牙子上。我的第一反应是"肯定出什么事了"，没准是示威游行！但是我很快发现，每个人的表情都是那么无辜、闲散、寂寞，还带着一点青春期的迷惘。

我问出租车司机："他们在干什么？"

"Just for fun.（为了好玩。）"司机耸耸肩告诉我。

探底硫磺火山

从梭罗再次乘上列车，向东赶往庞越，这回需要9个小时。

爪哇只是印度尼西亚的第四大岛，但实际走起来，才真切地感受到——那恐怕也是相当遥远的距离。茶色玻璃外是近乎"永恒"状态的稻田，平平坦坦，看不到任何现代化机械，全由人力和畜力耕种。手头的《雅加达邮报》上说，美国国会规定2015年前三分之一的地面战斗将使用机器人，再看看近在眼前的爪哇农民，不由感到一种违和感。在火球般的赤道太阳下，爪哇农民的世界观，同德克萨斯开拖拉机、喝波本酒的美国兄弟截然不同，这是自不待言的。另外，从西到东一路走过来，感觉爪哇就像一座巨大的粮仓（它也确实被荷兰、日本当作粮仓侵略过）。如今虽然天下太平，可这样的身份也不是"国家独立"或"和平崛起"能够轻易改变的。

火车经过泗水，这是东爪哇的首府。从火车上看，仿佛是连绵不断的棚户屋所组成的钢铁集合体。等待开闸的浩荡人群，骑着摩托车，无一例外的面无表情。不时经过的小溪污染严重，有孩子蹲在水边独自玩耍，太阳煌煌地照着。普拉姆迪亚的小说《人世间》就是以泗水为背景：少年明克进入荷兰人开的贵族学校，在爪哇传统与西方文明的撕扯中逐渐成长。

文多禾梭，一所小学里的学生

此书被称为印尼的《麦田里的守望者》，然而一百多年过去了，这种撕扯依然存在。

傍晚到达庞越，不幸开往布罗莫火山的公交车已经停运，只好包车前往。不用说，要价高得惊人（合人民币180元，还没发票）。司机小哥是一个看起来松松垮垮的年轻人，叼着烟卷，双眼通红，说他刚从赌桌下来，我一点都不会吃惊。车则是印尼产的硬邦邦的吉普，舒适度照例不佳。

暮色四合。我们穿行在玉米疯长的陌生小镇上，伊斯兰的唱经声在天空回荡，路边烤串的烟气四下弥漫。小哥开得很慢，又不时减速，与碰到的任何人（或牲畜）吹口哨，打招呼，然后告诉我："My friend（我朋友）。"

不到半小时，车就没油了。无奈之下，只好调头回去。小哥自称"身无分文"，由我垫付了油钱，他却从对面的小卖部晃出来，买了包烟，悠然点上。这明明是加油站，墙上也明明贴着禁烟标志，可无论是谁，全都一副蛮不在乎的样子——看来此地民风甚是彪悍。

加完油出来，天终于彻底黑透，我也懒得再开口。任由司机小哥在漆黑一团的山路上以80千米的时速左冲右突。车厢里一片死寂，只有风声和不断响起的刹车声。我除了祈祷别无他法。转念想想，在这个不确定的、充满暴力的世界上，能平平安安地活到现在本已近乎奇迹。小哥突然从裤袋里掏出一个U盘，插入接口，音乐陡然响起，竟是Jessie J的Price Tag（价码）：

金钱买不到满足和快乐。
我们就不能慢一点，享受当下？
我打包票这样感觉很好！
这无关金钱、金钱、金钱！
我也不需要你的金钱、金钱、金钱！
我只要你跟我舞蹈，忘掉价码……

终于到了布罗莫拉旺，它就在滕格尔火山口的边缘，俯瞰着布罗莫。我顾不得挑三拣四，入住一家清教徒般的小旅馆。大概因为海拔原因，水管出水困难，牙可以勉强刷，澡是万不能洗。我出去买了一瓶Bintang啤酒，坐在火山小镇自斟自饮。天上没有一颗星，远方是无穷的黑暗。

翌日凌晨4点，我们被塞进一辆小型吉普，前往观测点看日出。所谓的

雅加达至日惹的沿途不时会看到火山

　　"观测点"，在布罗莫火山旁边一座海拔更高的潘南贾坎山上。如果运气够好，可以看到从古老的滕格尔火山口内崛起的布罗莫火山，它西侧的库尔西、巴托克火山，以及爪哇最高峰塞梅鲁火山（3676米）在日出时的盛景。

　　吉普在黑暗中一路颠簸，透过侧面的车窗，几乎什么也看不清楚，可你能感到整个世界在迅速后退。司机是个壮实的滕格尔汉子，自如地驱使吉普躲过各种坑洼，轮不沾地往前飞驰。我紧握扶手，闭上眼睛，任由脑浆组织大面积重组，感觉像是参加追捕任务的缉毒警，或者更确切地说，即将走投无路的毒贩。

　　半小时后到达观测点。下面早停了十几辆同样型号的吉普。雨后春笋般的游客，不约而同地汇聚到这地球的一隅，穿着防风夹克，走完登顶的最后一段路程。出租棉衣和卖棉帽的小贩们，跑上跑下地兜售生意——观测台寒气四溢，如果不是穿了抓绒，笃定会被活活冻死（几年前发生过这样的事）。

　　站在观景栏杆前静静等待，眼前是火山的谷底，此刻一片黑暗，远方

卡萨达节上，滕格尔村民用活禽祭奠布罗莫火山

沉浸在更大规模的黑暗中。我想象在地球某处，太阳已经从地平线喷薄而出，把巨大的阴影向西驱赶，它的锋刃离布罗莫越来越近了，但此刻，布罗莫无疑还在沉睡中。周围几乎没人开口讲话，黑暗和寒冷把一切生气都吸走了。天空下起了绵绵细雨，打在土上簌簌作响，像小女孩穿了大人的拖鞋乱跑。一些人离开了，更多的人选择留下。

光亮的出现似乎只发生在短短的几秒钟里，却构成了两个世界的分野。我终于可以看清眼前的景致：近处的树木，远处的云海。但雾气过于浓重，看不到火山的踪影。人群开始普遍性地失望，像癌细胞扩散一样，迅速波及每一个人。

"早知道就不来了。"

"这样的天气根本不可能看到日出。"

"当地人可不管这一套。"

"我准备走了，亲爱的，你呢？"

"多等一会儿，我们这辈子来这里的机会可能仅此一次。"

人群陆续离开，最后整个观测台只剩下我和一个西班牙人。

"走吧……"他终于沮丧地说。

可就在这个瞬间，风突然开始把晨雾驱散。我看到山谷间的云雾迅疾流窜。我们停了下来，目瞪口呆地盯着眼前瞬息万变的景色。就在风把雾气全部吹开的短短几秒钟里，我们有幸目睹了布罗莫火山和远方塞梅鲁火山被朝霞渲染的山顶。

"太美了，简直超越了我的想象！"西班牙人激动地宣布。然后，新一轮的雾气便来了，瞬间吞噬了眼前的一切。

回到吉普车上，我们返回火山口边缘，然后越过沙海，下探到滕格尔底部。此时天已大亮，我看到布罗莫陡峭的山体耸立在辽阔的熔岩沙平原上——它像是一片干涸的黑色河床，荒凉而萧瑟。史前时代的地球景致，恐怕不过如此。滕格尔马夫们披着斗篷，牵着马匹，等待把游客送到火山脚下，但大多数人选择步行。

布罗莫火山已经近在眼前，它神秘的坑口冒出滚滚浓烟，仿佛一口滚开的大锅。我沿着落满火山灰的台阶，爬上最后几百米，直抵坑口边缘。热气和硫磺迎面扑来，我知道，只要顺着洞口下去，就可通向地球遥不可知的最深处。然而纵使现代科技已如此发达，这依然毫无可能。

山下的沙海一片苍茫，如同月球表面，一座印度教神庙兀然屹立在沙海中央——它的位置如此突兀，造型如此古怪，以至我感觉它是被湿婆的大手随意摆在那里的。我一下子意识到自己只是匆匆过客——这里是布罗莫的领地，是神的世界。

布罗莫之所以神圣，并非因为它的景观，光是它的存在就已足够。长久以来，笃信印度教的滕格尔人就生活在对它的知晓中，并且以此作为生活的尺度。16世纪，当伊斯兰教的洪流颠覆了满者伯夷王国，为了躲避灾难，滕格尔人避世于这片荒凉之地。那时，国王没有子女，王后祈求火山之神，帮助他们繁衍子嗣。神灵答应了，赐予他们25个孩子，但要求年龄最小但相貌英俊的男孩葬身火海，以示报答。王后没能兑现自己的诺言，但勇敢的男孩为了整个王国，甘愿牺牲自己。不管怎么说，是火山拯救了滕格尔人。如今，每到一年一度的卡萨达节，滕格尔人依然会来到布罗莫，向火山口内投掷祭品，祈求神灵的眷顾。

从火山回到布罗莫拉旺，游客们纷纷乘坐早班汽车离开了，有的前往泗水，有的转向巴厘岛，刚才还热热闹闹的小镇，顿时显得空空荡荡。只

身着传统服饰的双胞胎姐妹及其家人

在爪哇，斗鸡游戏是一种传统娱乐

有等到傍晚，新一轮的客人才会陆续而至，然后是新一天的日出、徒步、火山探险……

我在小镇上随意漫步，发现它真的就在火山口边缘，火山的任何一次大规模喷发，都可能是灭顶之灾。然而，肥沃的火山灰上遍植着山葱，苍绿而茂盛，带着爪哇特有的勃勃生机。在这里，在爪哇，繁茂与毁灭只是一步之遥。

一个卖毛线袜的滕格尔小贩朝我打招呼："你好！你叫什么名字？你是哪国人？"他连珠炮似的发问。这之后，语言不通让我们都奇异地沉默下来。我看到他穿着中国产的夹克，骑着日本产的摩托，于是我递给他一支美国产的骆驼牌香烟。

气氛相当融洽。直到和我挥手告别，他才终于想起什么似的大声喊道："要袜子吗？布罗莫纯手工！"

在无人留意的小城文多禾梭，我意外地逗留了两天，也许因为在这里找到了久违的安逸感，也许仅仅是出于旅行即将结束时的忧郁症——我几乎已经走到了爪哇的最东端，在一个闻所未闻的陌生小城！这里棕榈树婆娑摇曳，海风拂面而至，清真寺开始呈现巴厘岛风格，而地里的甘蔗竭力疯长，足有两米多高，在风中簌簌摆动。旅行至此，我已总结出一种可以称之为"爪哇性"的东西：它是自发的、旺盛的、原始的、热带的、暧昧的、植物性的、永不疲倦的、混乱与秩序纠缠不清的……此刻，在文多禾梭，我感到有必要给这次旅行一个强有力的结尾。

我的目光在地图上游走，马上就锁定了旁边的伊津高原。介绍简单清晰地写道："这片高山区森林密布，人口稀少，有很多咖啡种植园和几处与世隔绝的定居点。通往高原的道路很不理想，可能正是这个原因，导致前往此处的旅行者数量稀少。"

根据我在爪哇的旅行经验，连游客都极少涉足的地方，那恐怕是相当"原生态"了。我感到一丝隐秘的快乐，暗自做好心理准备，但"爪哇性"事件还是始料未及地发生了。

第二天清晨，坐上之前联系好的吉普车，我发现我雇佣的司机还带上了他的"情人"。

"A friend（一个朋友）。"他以无关痛痒的口吻介绍。

女孩说她19岁，是旅行社新来的实习生，而司机已经40开外，发际线明显后移。我问司机，他们是不是男女朋友。

"不不不。"他斩钉截铁地予以否认。

然而在路上，两个人的言行举止却没有那么斩钉截铁的说服力。即便听不懂印尼语，仅仅从他们的肢体语言，也看出未免过于亲昵。

"看车！"

"有人！"

我不得不一次次发出警示，以确保"爪哇性"不会成为"悲剧性"。

后来，我终于找到机会单独问女孩："他是不是你的男朋友？"

"不是男朋友，"她脸上浮现出一片水蜜桃般的红晕，"是最好的朋友。"

"……"

不管怎样，我们平安进入"无名之地"，连手机信号（当地卡）也像断线风筝一样不知所踪。此地果然山高林密，虽然路况并不算太坏，但擦肩而过的车辆、行人都屈指可数。仔细想想，司机带女孩来这里也是用心良苦——这里风景优美，人迹罕至，又没有信号，堪称约会圣地。

吉普在狭窄的林间公路上飞驰，柠檬色的阳光透过树叶，斑斑点点地洒落一地。窗外是漫山遍野的咖啡种植园，咖啡树上结满红色的果实。自从欧洲人把咖啡引入爪哇，这里就成了重要的咖啡产地。文多禾梭那些漂亮的荷兰式房子，都是当年种植园主的私宅。

此地也盛产"猫屎咖啡"（Kopi Luwak）。是麝香猫偶尔吃下成熟的咖啡果，经消化系统排出体外所得。由于胃液的发酵作用，使咖啡有了一种特殊的风味。不用说，经过这么一番大动干戈，每磅咖啡豆的售价也高得惊人。不过即便在此地，野生麝香猫也已相当罕见。更不要说，还能被人恰好捡到它们排出体外的咖啡豆。如今的"猫屎咖啡"都为人工养殖的麝香猫所产。这些麝香猫被关在笼子里，每天被迫吃下大量的咖啡果，虽然猫也有各式各样的人生，但只靠咖啡果果腹的猫，无论怎么看也相当凄惨。只是有需求就有市场。据说，窗外的咖啡果采摘下来后，就会有一部分专门运到麝香猫养殖场，用于生产"猫屎咖啡"。

我们还经过一些不大的镇子，是咖啡工人的聚居地。一致性的建筑，一致性的人生。简单聊了一下才知道，他们的祖辈都是被荷兰人从苏门答腊带过来的，如今已经在这里生活了一百多年。一百多年在中国似乎只是转瞬之间的事，而在日复一日的咖啡园，感觉几乎与永远无异。

我们此行的目的地是伊津火山。它是爪哇主要的硫磺采集地，拥有一个绿松石颜色的火山口含硫湖，周围环绕着陡峭的火山壁。这里的旅游并

卡瓦伊真火山，当地的硫磺矿工在没有任何防护措施的情况下原始作业

未完全开发，直白点说，几乎不存在配套设施之类的东西，但是一些旅行者会来到这里（似乎法国人居多，因为都在说法语），看壮观的火山湖和采集硫磺的工人。

在很多人眼中，这些硫磺工人的生活堪比"人间地狱"。他们每天冒着生命危险，在毒气四散的火山口采挖硫磺，然后把硫磺矿石卖给山下的制糖厂，用于在制糖过程中用硫熏去除蔗汁的杂质。他们先要爬3千米的陡坡到达山顶，再爬200米的峭壁下到火山口，他们用最原始的方式烧硫磺，然后手拣肩挑，把80至100千克的硫磺扁担原路扛到山下。如此走完一个来回，需要3～4个小时，他们凌晨2点起床，为的是赶在毒气更加肆虐的正午之前完成一天的工作。他们每天能挑两趟，赚大约5美元。

在上山的入口处，我看到一个写着"因故关闭"的牌子，和爪哇的大多数牌子一样，只要弯腰即可过去。接下来便是3千米长的山路，山势变化多端，坡度也时急时缓。周围是茂密的丛林，可以近距离地看到长臂猿在树丛间跳跃。比起一片荒芜的布罗莫，这里更像是一个森林公园。

矿工背着沉重的硫块向上爬

天上飘着小雨，山路又湿又滑，可不好抱怨什么。因为那些与我擦肩而过的硫磺工人，扛着沉甸甸的扁担，依然快步如飞。他们没有登山鞋、登山杖，有的甚至只穿着夹脚拖鞋，人看上去也瘦瘦小小，绝不是想象中大力士的模样。然而就是这样一群人，从事着这份可能是世界上体力最重、报酬却极其微薄的工作。

爬到山顶，我看到一望无际的高原。它如同沉睡的巨象，趴伏在蓝色的苍穹下，仿佛随时可以起身，把世界掀翻。通向火山口的小路则破碎不堪，硫磺熏枯的植被，横躺在路上，好像史前动物的遗骸。我走到火山口边缘"禁止下行"的警告牌前，看到热气蒸腾的绿色火山湖和喷发着硫磺气体的黄色矿床。在这样的高度，一切宛如魔幻电影中的冷酷仙境。

这也就是大部分旅行者选择在此止步的原因。如果下到湖边矿床，至少还需半小时。那是一段艰险的攀爬，一些路段很滑，硫磺气体势不可挡。据说几年前有一名法国旅行者失足坠落，就此丧生。

或许是心理作用，我感觉下去的路极为漫长，每一步都迈得十分沉重。那些硫磺工人还要把重达100千克的硫磺挑上去，所付出的辛苦可想而知。越接近火山口，硫磺气体就越猛烈，我不得不戴上口罩（在北京防霾用的），才能保证呼吸，而大部分工人根本没有任何防护措施。他们挑着扁担，挺着胸脯，极为缓慢地走着，好像电影的慢速播放。我可以听到他们沉重而快速的喘息声和发力时的呻吟。

终于到达热气蒸腾的火山口。湖水在阳光下呈现出一种不可思议的绿松石色，而地热通过湖水表面释放出来，变成一片白茫茫的雾霭。在湖畔的硫磺矿上，铺设着几十条陶瓷管道，从火山口喷发出的热气通过管道形成真空加热，大面积融化着硫磺矿。一种如血的红色液体，沿着陡坡流淌下来。一些工人正在湖边收集冷却成块的硫磺，然后用铁锹砸碎，装进篮子。

周围是如此寂静，无论是湖水、矿床还是人，都悄然无声，我只能听到铁锹击打硫磺的声音，一下，两下，三下，单调地回响在谷底。

我站在这场景中，久久不能开口。即便此刻写下这些文字，依然感到语言的无力。我深知任何一个简单的陈述句背后，都是无法想象的艰苦现实。有人说这里是炼狱，可对每天采矿的硫磺工人来说，炼狱就是他们的日常生活，如同我们吃饭、散步、朝九晚五的工作一样平常。作为亚洲最大的火山坑，伊津火山的硫磺喷发量为世界之最。这被看作一种幸运。因为在人口日益密集的爪哇，城市和乡村都无法再提供更多生计。对当地人来说，挖硫磺是一份得天独厚的工作，更是一条现实的出路。工人们告诉我，在爪哇，一名普通教师的月收入不过100美元，而他们可以拿到150美元。

为了不忘记这震撼的场景，我从地上拾起一块金黄色的硫磺晶体，用塑料袋包好带回中国。这样做并非有什么重大意义，也不是为了炫耀自己的"英雄行为"，只是为了深深铭记——在这样的世界，还有这样的人，在这样地生活。

突然，火山湖喷发出一阵巨大的烟雾，夹着热气和硫磺扑面而来。工人们扔下工具，纷纷躲避，而我还没有反应过来，便感到眼前一片昏暗，泪水夺眶而出，嘴里产生一股强烈的二氧化硫的酸味。我剧烈地咳嗽着，虽然戴了口罩，也毫无作用，肺叶好像都燃烧起来。

这时一只手把我拉向旁边一处背风岩石——是一个硫磺工人，他看到我困在那里，所以出手相助。他也在流眼泪，他也在大口喘气，他没戴任何防护措施，脸上的皱纹里全是黄色粉尘。我们蹲伏在岩石下面，等待火山平息怒气。然后我鼓足勇气，爬回人间。

回去的路上，吉普车经过一片林中墓地。小小的墓碑，插在落满树叶的土壤里，没有文字，亦无名无姓。是的，在爪哇，我终究没有发现绝对的事物，也没有发现任何永恒不变的东西。

　　我见识了繁华而凌乱的雅加达，也看到了被刻意回避的历史。我参观了雄伟的佛塔，却发现它早在一千年前即被遗弃。我整日听到伊斯兰的唱经声，但是明白那只是一种信仰，与爪哇的文明无涉。我在人群散去的火山小镇游荡，发现它美得近乎忧郁。最终我抵达一个强有力的存在，它用人的故事告诉我，这才是爪哇的灵魂。

　　就这样，吉普车一路向东。我毫无知觉地睡去，醒来已到海边。

刻于古迹上的面庞
已经模糊难辨

却
总有路人手握
馨香一瓣

我们
塑造　超越自我的　崇高
又被那　崇高　塑造

处 处 有 神 迹

Chapter 05

BHUTAN

文 _ 黄亭亭

不丹
如果幸福是一个国度

一直以来，不丹被认为是世界上"最接近幸福的地方"。
这个白云深处的小国度，有着太多的神秘感和魅力。我们
一直试图寻找一个答案：不丹是货真价实的世外桃源，还
是注定被消费主义腐蚀的最后一片处女地？

乘着风，"雷龙"翱翔在喜马拉雅山脉之间，双翼刺破云层，掠过狭窄的山口，有惊无险地降落在帕罗山谷（Paro Valley）局促的机场跑道上。

这是一次神话般的飞行体验，似乎预示着接下来会有更多奇遇。

来自世界不同角落的人们钻出机舱，兴奋地踏上不丹王国的领地，有人甚至急切地揪着同一航班的红衣僧人合影留念——这里是世界上唯一以藏传佛教立国的国度；唯一几乎没有夜生活的国度；唯一以"国民幸福总值"（Gross National Happiness）来衡量自身成功程度的国度。

这个隐藏于雪峰和河谷之间的小国，被媒体贴满了近乎神圣的夸张标签：最后的香格里拉、最接近幸福的地方、净化灵魂之地、重启人生的极乐净土……

我选择用一种平和的态度来感受这个传说中的雷龙之国（The Land of Thunder Dragon）。眼前这片和西藏林芝机场几无二致的景色，让我忍不住庸俗地猜测：如果没有长期的闭关锁国政策，如果它不是唯一未和中国建交的亚洲国家，如果梁朝伟、刘嘉玲没有在这里举行婚礼，如果英俊的国王没有迎娶他的"灰姑娘"，如果没有如今每人每天250美元的最低消费额度，不丹王国还会有如此巨大的吸引力吗？

它是货真价实的世外桃源，还是注定被消费主义腐蚀的最后一片处女地？

不丹没有"百姓"

不丹式的迎接仪式如下：互相问候，低头，戴上白色哈达，双手合十表示感谢，把行李交给司机，把自己装进车里。

最初，我们的不丹导游似乎有些放不开，没有预告行程，没有搞活气氛，甚至没有自报家门，佛像般坐在副驾座上迟迟不开腔。这和我之前了解的情况完全不一样：据第二次到不丹的一位英国游客说，不丹人可是出了名的热情开朗，恨不得把每个窥视的路人都请进家门。

我只好主动请教导游的大名。

"我叫财旺。"导游回头看着我们认真回答，又淡定地扭回头去直视前方。

尚算标准的普通话，却惜字如金。如果财旺先生不是穿着不丹的传统

帕罗，匍匐在雪山脚下。一场春雨后，空气更加通透，对角线上三个醒目建筑（从左至右）分别是国家机场候机楼、帕罗宗和国家博物馆

服饰，我会以为他是个不敬业的西藏导游。

我们一行人通力合作，终于像挤牙膏一样从财旺嘴里套出一些有趣的不丹常识：

导游和司机的工作服是不丹的传统服饰。男装称为帼（Gho），是一种连身及膝短袍，配以长筒袜；女装称为旗拉（Kira），以长袖短外套搭配直筒长裙。

除了本地的宗卡语，不丹民众基本上会说两种外语：英语和尼泊尔语，还能听懂藏语。

2005年前后，手机、电视和互联网才在不丹境内普及。

不丹一些年轻人热衷美国的摔角真人秀，经常因此受伤送医。

不丹没有eBay也没有淘宝，1974年之前不丹甚至都没有自己的货币，而物流业还处于婴儿阶段。

不丹人认为钱是引发贪欲的东西，够花就行。但在年轻人中，这种观念不再流行，他们离开家乡到城里打工，有的甚至会出国，男孩大多做点小生意，女孩大多当保姆。

这个佛教国家也有作奸犯科之徒，以前监狱里盗猎者居多，现在则以偷窃者为主。

不丹有自己的军队，但总人数不过区区5000人，少于僧侣人数。

不丹有70%的民众是佛教徒，25%是印度教徒，还有少量民众信奉苯教和基督教。

佛教徒不能杀生，所以不丹境内的肉店都是印度人经营的。

不丹的国土面积相当于一个海南省，分为4个地区，20个宗（Dzong，相当于县），202个格窝（Gewog，相当于村镇）。

每个宗都有一个宗堡，供政府机关和僧人共同使用。它可以一站式解决不丹人的各种问题：生活上有困难，找政府；精神上有困扰，找僧人。

不丹法律规定，全国森林覆盖率必须在60%以上，目前不丹的森林覆盖率为72%。

在建国一百年多来的五任国王中，第三任国王是不丹现代化的先行者，第四任国王则是不丹现代化之父。2008年第四任国王宣布让位并实行民主选举时，有民众甚至失声痛哭，请求他收回成命。

他一口气娶了四姐妹做王后。不丹平民也可以一夫多妻或一妻多夫，虽然法律上采取一夫一妻制。

早起的僧侣

　　现任国王英俊而英明，王后美丽而端庄，是不丹民众心目中最受欢迎的佳偶，只要有墙的地方就有他们的合影。

　　只有不丹皇族才有姓——旺楚克（Wangchuck）。平民只有名没有姓（不丹没有百姓这个概念），他们只有五十多个名字可供选择，出生之后由僧人指定两个作为全名。

　　我们导游的全名是财旺·多吉（Tshewang Dorji，意为长寿、金刚）——我在Facebook网上输入这个名字，找到了至少50个同名的不丹人。

　　我们的交流渐入佳境，却被一段耳熟的旋律打断："你存在我深深的脑海里／我的梦里／我的歌声里……"财旺拿起手机接听。

　　挂了电话，财旺又在我们的轮番轰炸下缓缓"自曝"。这个来自东部乡村的28岁青年可谓不丹精英，曾被公费派往韩国留学（虽然不丹推行11年免费教育制度，但只有1%的不丹人能享受全额公费留学待遇），在韩国KBS电视台实习过，又在成都学了4个月汉语（目前整个不丹只有6个中文

快乐的不丹女孩

导游）。他有6个弟弟妹妹，其中一个弟弟刚被公费送往印度学医。为了保护家族的佛塔，他在家乡盖起一座造价不菲的小楼。

"为什么选择回到不丹？"

"在韩国和中国都太忙，压力太大。"这位青年才俊的微笑里似乎有一丝同情。

简单才是最不简单的

高海拔给了不丹和藏区一样饱和度极高的色彩，强烈的紫外线给了不丹人和藏区人民一样黝黑的皮肤，大小各异的五彩经幡一样在风中猎猎翻飞，虔诚的信徒一样沿着蜿蜒山路五体投地去朝圣，但不知不觉间，我已经丢弃了"不丹不过是西藏的表亲"的想法。

一旦你开始认真审视，便会发现，即使有着千般相似的表象和微妙的关联，不丹依旧不是任何地方的翻版，它是它自己。不丹如同宇宙里一颗遥远的小行星，按照另一套终极规律慢条斯理地运转。

这套规律在我看来叫"简单"：不丹星球的自助餐品种不会引发你的选择困难症，也不至于饿着你；不丹星球的商店没有你争我斗的花哨招牌，童叟无欺的店家让你无需货比三家；不丹星球的世俗建筑都是直线条的白色石墙搭配斜线条的橘色屋顶；不丹星球的酒店只有两个档次：贵和不贵；不丹星球的车主不需要红绿灯或交通岗；不丹星球的人过着自给自足的农耕生活，日出而作日入而息，深信"向内求"的力量……

我们的司机柯桑是一位典型的不丹星球人，如果不是因为几年前"游客陨石雨"的来袭，他此刻也许正和兄弟姐妹们在农田里忙活，或是在箭术场上和其他箭手一拼高下。28岁的他已经是个驾龄9年的老手，虽然只有高中学历，但在和游客接触的过程中掌握了流利的英语，沟通起来毫无障碍。

"你喜欢这份工作吗？"

"当然喜欢，这份工作很轻松，每天只要工作5到7小时。每天我都能看到不同的美景，和不同的人聊不同的话题。"

"收入还满意吗？"

"没什么可不满的。有些东西是没法用钱换来的。"

"你会一直当司机吗？"

"必须的。这可是金子般的生活，有什么理由放弃呢？我会一直干到70岁！"

金子般的生活？我很难想象国内会有司机这么形容自己的工作。在这个不丹星球人身上，我看到了金子般的生活带给他的"正能量"：不管要起多早，多绕几座山头，多搬几件行李，他都有自己乐呵呵的理由。

"难道你不想尝试别的工作？比如导游什么的？"

"不想！当导游太复杂了，而开车是世界上最简单的事情。"柯桑果断地回绝了我的建议。

我不知道他对简单的热爱能否代表大多数不丹人，但我意识到，这种简单其实并不简单：无论是做人还是做事，你都必须建立完善稳固的内部体系，才足以抵御外界的纷扰，找到和这个世界相处的最佳平衡点。

在旺地（Wangdue）附近的一个村庄里，一对不丹老夫妇用真实的生活场景呈现了同样的简单。他们有一幢总面积100平方左右的两层木楼，阁楼用来储备粮食，底层住人，家具只有必需的几款：佛堂下的藏式贴金木柜、巨大的杂物柜、老款玻璃门衣柜，还有一个可以当小床的老式箱柜。没有沙发，客人可以随意坐在地板或坐垫上。墙上除了历任国王和15位高僧大德的画像，便是男主人的各式奖状——退休前，他是个尽职的交通警察，现在他是个自得其乐的木匠。女主人是位家庭主妇，务农之余操持家务。屋内唯一算得上华丽的部件只有佛堂。但他们看起来和他们说的一样无忧无虑。

不入虎穴，焉得仁波切？

在不丹这片不乏神话的国土上，建筑是历史和传说最稳固的载体——不丹最神圣的佛寺虎穴寺（Taktshang Goemba）便是极好的例证。在山脚下仰望这座隐匿于云雾和狰狞山石之间的"悬空寺"，你就能明白为什么会有莲花生大士降妖伏魔、骑着飞虎降临此地的传说了。

虎穴寺如王者般不可一世地凌立于悬崖之上，林间曲折得似乎没有尽头的土路让缺乏运动的人看着就脚软（你也可以选择骑马上山，但下山还是要靠自己），可对虔诚的不丹人来说，却是小菜一碟：僧人们如履平地，红袍翻飞鱼贯而过。即便是矮小瘦弱的老人、拖家带口的中年人，都如有神助，用凌波微步轻松地赶超你。他们的姿态和表情如此轻松愉悦，在坡地上摆开阵势开起野餐party，在山腰的观景平台上有说有笑地换上传统盛装——这些场面和我想象中的艰辛朝圣颇有区别，看起来更像合家欢度假。

蜿蜒的山路时而隐没在密林中，时而被巨石一劈为二，人和马匹共用狭窄陡峭的通道，激起些许尘土。沿途经幡层层叠叠地随风飘扬，有些甚至横跨山谷，挂在那些看似人类不可能到达的地方。

"这些经幡是你们用箭射到对面山上去的吗？"联想到不丹无处不在的箭术比赛，我不禁有此一问。

"不是，是一边走路一边绕上去的。经幡离天空越近，就越能将心愿带给神。"此时财旺不再惜字如金，语气变得郑重而崇敬。

经过充满艰辛和仪式感的两个多小时跋涉，我们终于抵达山顶。在庄严的法号和诵经声中，"不丹麦加"神迹般从云雾中显露出壮丽的真容。不丹人相信，在虎穴寺禅坐一分钟，抵得上在其他寺庙修行数月。

除了为不丹人民带来佛教信仰的莲花生大士，不丹"国父"夏遵·阿

半山的燃灯房，眺望近乎悬空的虎穴寺。到达前，还有最后一段陡峭的山路。香客在此细细擦洗烛台，安置棉蕊，倒上酥油，燃灯祈福

旺·朗杰（Shabdrung Ngawang Namgyal）也曾在此修行。这位高僧抵达之前，不丹虽然已经信奉佛教，但各个教派同当地的部落势力结合，造成各据一方的混乱局面。1616年，这位伟大而智慧的领袖战胜了各方挑战，打败了外部势力的数次入侵，在精神上统一了不丹。他编纂法典，重整山河，发展水利，提倡商业，改善民生，被不丹人民尊为"法王"。

我们沉浸在各自的冥想中，向来淡定如佛的财旺突然急匆匆地赶来："宗萨仁波切来了！"

顾不上多问，我们跟着财旺，和一群消息灵通的信众一起疾走了几步，果然在一个角落里看到了穿着红色僧服和羽绒马甲的宗萨仁波切本人。

我们勇敢的摄影师走近他，用英语和他打招呼，告诉他我们是从中国来的，不久前我们的同事还与他做过深度跟访。

宗萨仁波切闻言，热情地和我们握手，又仔细看了看一身不丹装扮的摄影师："唷，原来你不是不丹人呀？"

摄影师赶紧摇头，和财旺相视一笑——摄影师身上的土布格子短袍和黑色长筒袜是财旺一手置办、亲手为他穿上的。

"啧啧。你穿了内裤吗？"宗萨仁波切发问，带着一脸标志性的坏笑。

"穿了穿了。"

"真的？我来检查一下。"宗萨仁波切不依不饶，作势要撩开他的短袍。

摄影师羞涩地闪避，周围的人们哈哈大笑，包括向来缺乏表情的财旺。

宗萨仁波切很快就被人群卷走了。以我们世俗的眼光来看，这位仁波切不像宗教领袖，更像一个入世的明星：拍电影、出书，戴着假发和胸罩在香榭丽舍大道上招摇过市；然而在不丹人心中，这位本地产的仁波切虽然离经叛道，却极具魅力、功德无量。他在全世界用独树一帜的方式弘扬佛法，还在印度为不丹的比丘尼（俗称尼姑）提供了佛学院——目前不丹没有女性佛学院。

我们在人群中发现了一个盘着发髻、穿着中式古装的中国美女，她是跟随宗萨仁波切来到虎穴寺修学的7名中国学生之一。同行的一位学者抓住机会，一连问了她好几个问题，最后抛出一枚重磅炸弹："仁波切会回答你们关于双修的问题吗？"

"他很有智慧，会根据学生的根器来回答。对根器驽钝的学生，他会回答3个字——空行母。"

"疯僧"引发的不丹四大怪

和所有稍微做过功课的八卦人士一样，我们对不丹最著名的"疯癫圣僧"朱卡库拉（Drukpa Kunley）念念不忘。在史实夹杂传说的令人头大的藏传佛教体系中，这位"不丹济公"无疑是我们最容易进入的切口。

财旺带我们穿过一片风光如画的梯田、用卡通阳具装饰外墙的民居，来到切米拉康寺（Chhimi Lhakhang）——为纪念这位怪咖喇嘛降伏恶魔而建的寺庙。如今这座寺庙被当地人视为极其灵验的送子观音庙。

配合寺庙里的镇妖塔、壁画和财旺的讲解，我们像看电影般进入了朱卡库拉的传说：这位来自西藏的喇嘛自幼在严谨的宗教氛围中长大，受到诸多高僧教诲，25岁开悟，带着弓箭开始云游生涯。他倡导打破所有社会习俗，鼓励信众以开明的态度传授佛法，甚至通过酒肉声色的途径传教。时至今日，他的传说演化为"不丹四大怪"：国兽塔金（Takin，即羚牛），国术射箭，阳具门神，夜猎习俗。

相比于科学理性的解释，不丹人更愿意相信塔金这种羊头牛身的动物是朱卡库拉施展法力，用牛和羊的骨头创造出来的。

受到朱卡库拉用箭传授智慧的传说影响，不丹男人都极爱射箭，以至于这项运动成为官方认可的国术。在核武器都不稀奇的21世纪，弓箭这种早已无用的冷兵器被演绎成增长智慧和武能的工具，大约也算不丹的一大创举吧。

朱卡库拉以强大性能力降妖伏魔的传说，使得不丹人相信，阳具拥有辟邪的魔力，因此几乎每家每户的外墙、门楣上都有阳具造型的壁画和装饰物。另一种委婉的解释是，不丹文化认为嫉妒是不妥当的，以阳具装饰门窗能够阻止别人窥视，避免攀比和嫉妒。

在不丹东部——财旺的家乡——盛行夜猎习俗，最具发言权的财旺对此却一笑而过，也许是因为这种习俗现在饱受质疑吧。根据第二手资料，可以推断夜猎类似于一夜情或走婚：年轻男子如果能在白天获得心仪女子的青睐，入夜之后就可以偷偷潜入她家"履约"。如果男方留下过夜，那他就有责任娶女方为妻。这一切都因为朱库卡拉，他是不丹男人争相模仿的对象，而传说中的他恰好风流成性。

放下传说，回到现实中的不丹，我们发现不丹人虽然会在传统文化和现代观念之间左右摇摆，但并未迷失自我。孩子们和姑娘们在"大柱"壁

画和巨型木雕前依旧一脸坦然，稍具商业意识的工艺品店主甚至会为自家墙上的"大柱"画上长睫毛的大眼睛，招徕好奇的潜在买家。

在帕罗，我们满以为这个不丹著名的繁华城镇会有丰富的夜生活，便要求见识一下当地人爱去的夜店。财旺把我们带到了一个"Live Music House"。进地下室一看，心当下就凉透了：这不是我们上世纪80年代的小歌厅么？昏暗的灯光下，两个穿着旗拉的年轻女孩在简陋的舞台上跟着背景音乐轻声哼唱，一边做着疑似当地舞蹈的小幅度动作。她们端庄的服饰和矜持的舞蹈看起来更像一种神秘的宗教仪式。台下的观众不多，除了三位好奇的西方观光客，就是六七个当地小伙子，心不在焉地喝啤酒聊天。

"我们到了廷布会看到高级一点的夜店吗？"

"高级不了多少，顶多是两个演员变成四个吧。"财旺眨巴着眼睛宣布。

"可廷布是你们的首都啊！"

财旺懒得接茬，只是不停用手指头向我们比划：从二到四！

Hello，不丹"中南海"

1914年，美国《国家地理》杂志的一篇报道《云中城堡》翻开了不丹历史上奇妙的一页，它首次为世人揭开了不丹王国的神秘面纱。

一个世纪过去了。这些耸立云间、雄伟庄严的城堡——宗堡，依旧是外来人了解不丹文化最直观也最重要的钥匙。

它们大多建于扼守交通要道的山崖上、最珍贵的河谷平坦地带，或城市的核心地区，将世俗和宗教完美地结合在一起。置身其中，你便能明白政教合一的字面含义：在高大院墙的围合中，中心高塔"乌策"将宗堡划分为两大区域。一侧的庭院是佛殿和僧人住房，另一侧庭院则属于政府官员及差役。高耸的中心塔是喇嘛高僧的居所，体现了宗教的崇高地位。宗堡既是不丹人世俗生活的中心，也是宗教生活最核心的场所。虽然虔诚的不丹人家中都设有佛堂，乡野间处处有供人祭拜祈福的佛塔，但在重要的节日，只有寺庙和宗堡的广场才是神祇和凡人最佳的沟通场所。

在20个宗堡中，帕罗宗堡（Rinpung Dzong，又称日蓬堡）、廷布宗堡（Trashi Chhoe Dzong，又称扎西曲宗）和普纳卡宗堡（Punakha Dzong）是最重要的三座。按照帕罗–廷布–普纳卡的游览路线，你可以逐渐接近不丹的皇权和神权核心。打个不恰当的比方，它们分别是不丹的"埃菲尔铁塔""中南海"和"太庙"。

建于1644年的帕罗宗堡恐怕是不丹最知名的宗堡——作为不丹建筑的典型代表，贝托鲁奇的电影《小活佛》和梁朝伟、刘嘉玲的婚纱照都曾在这儿取景。沿帕罗河谷向东南行驶一个多小时，便能抵达不丹的心脏廷布。

和天然宁静的帕罗相比，廷布算得上繁华喧嚣，更具现代气息，但也更粗糙拥挤——你能看到钢筋水泥和玻璃墙组成的楼房（最高的楼房只有六层，不丹法律规定世俗建筑的高度不得超过宗教建筑），全不丹唯一的交通岗（纯属摆设），跨国品牌有且仅有星巴克和麦德龙，尚未发育完全的广告招牌行业开始迫不及待地用粗陋的技术招引人们的目光……如果不是因为廷布宗堡和降旗仪式的存在，我简直要怀疑它不过是个努力模仿皇城的大村镇。

感谢外冷内热、心细如发的财旺，我们赶在廷布宗堡的政府人员下班前，隔着低矮的围栏观看了不丹特色的降旗仪式。除了常规的仪仗队，不丹的降旗仪式还有四位成员：一位红袍高僧跟三位穿着不丹古代宫廷服饰的年轻女子。这或许是世界上最具穿越剧气质的降旗仪式吧。

仪式结束后不久，穿着帼和旗拉的公务员们（他们的工作服也是不丹传统服饰，不同的是他们肩上多了一条"大围巾"）从栏杆的某个缺口鱼贯而出。财旺拿出一条与男公务员同款的白色粗布"大围巾"，郑重地围在腰间和肩膀上，又替穿着帼的摄影师围上一条。

"这是在干啥？"

"公务员下班了，我们可以进去参观了。"我们莫名其妙之际，财旺宣布道。

"你们为啥要围围巾？"我边走边问。

"这相当于领带。为了表示敬重，穿传统服装进宗堡必须穿全套。"

难怪之前财旺要求我换掉身上的旗拉——我的着装不够正式，少了一条与女公务员同款的绣花"大围巾"。

这里是不丹中央政府和最高僧团所在地。和帕罗宗堡相比，它更巍峨大气：主体建筑共七层，每层4～6米高，被近10米的高墙包围着。走在桃李盛放的庭院，似乎能听到数百年历史的回响。高大的乌策照例将庭院分为南北两部分：红衣僧人们在偌大的北院不急不缓地走过，对每个经过的

游客回以友善的微笑；而南院则是现任国王和政府机关的办公区域，因为到了下班时间，这儿只有十几名游客。

出了高墙，财旺朝围栏外的河边随手一指，说："那边是国王住的地方。"在那片低洼中，我只能看到几个带着金顶的橘色屋顶。我伸长脖子，希望找到想象中戒备森严的深墙大院，但只发现了一道象征性的低矮围栏，一只猫正好敏捷地钻过去。

"你们的国王真住这儿？这也太低调了吧？"

"会吗？"财旺波澜不惊地说，"国王和我一个朋友还是小学同学呢。"

至圣之地

在我们离开不丹前，事实再次向我们证明了这种小国寡民的低调。我们在机场停车时，财旺突然指着前方的一辆车说，那辆车属于国王的一个远亲，理由很简单：看车牌号，以BHU开头的都是皇室成员使用的，最末的3位数则体现了车主和国王的血脉亲疏，数字越小和国王关系越近，比如，国王的弟弟妹妹使用的号码是002、003。

这就是不丹。没有大张旗鼓的护送车队，甚至没有鸣笛让道的特权，皇室用车和民众用车的区别只体现在车牌号的3个字母上。如果非要举出一个反例，恐怕就要到普纳卡宗堡了，因为那儿有一座只有国王和国师可以进入的佛塔，连王后都不能例外。

作为不丹的旧都心脏，普纳卡宗堡比廷布宗堡更显庄严神圣。穿过一条55米长的廊桥之后才算正式进入普纳卡宗堡。它是三进庭院，比其他宗堡多出一进，前院里一棵壮硕的菩提树和一座巨大的藏式佛塔令人肃然。财旺轻车熟路地带我们穿过一段幽暗的通道，来到后院。豁然开朗，阳光大好，一大群红衣僧人正从对面的大殿里蜂拥而出，在白色的院墙间掀起一阵阵藏红色的浪花。

我们脱鞋，推门，潜入，生怕打扰了还在收拾法器的僧人们。殿内竖立着54根雄伟的巨柱，全以技艺精湛的镀金镂花、雕刻铜皮包边。大殿供奉的圣像分别为释迦佛、莲花生大士和不丹"国父"夏遵法王。圣像前面，分别是国王的宝座和国师的法座。他们本人不在的时候，僧人就用他们的照片代替。大殿的角落里有个上锁的巨型铁柜，据说里面收藏着珍贵的不丹佛教手稿、佛教名人名册和莲花生大士的巨幅唐卡。

出了大殿，左侧一座高大的鎏金佛塔颇显神秘。财旺说，这儿便是供奉夏遵法王法体的地方，只有国王和国师才能进入的至圣之地。

有那么一瞬，宗堡里浓重的宗教氛围突然击中了我——那是一种传说和现实交叠的奇异感，一种我从来没有体验过的感觉。当我从宗堡里出来，看到河边放牛的农妇，放学回家的孩子时，我恍然意识到，这片土地或许是小国寡民的最佳图释。在不丹，俗世和神权、日常和神圣的直线距离不过100米。这100米和我在不丹的6个日夜相加，所得到的总值，也许就约等于人们常常挂在嘴边，却未能亲眼得见的理想国。

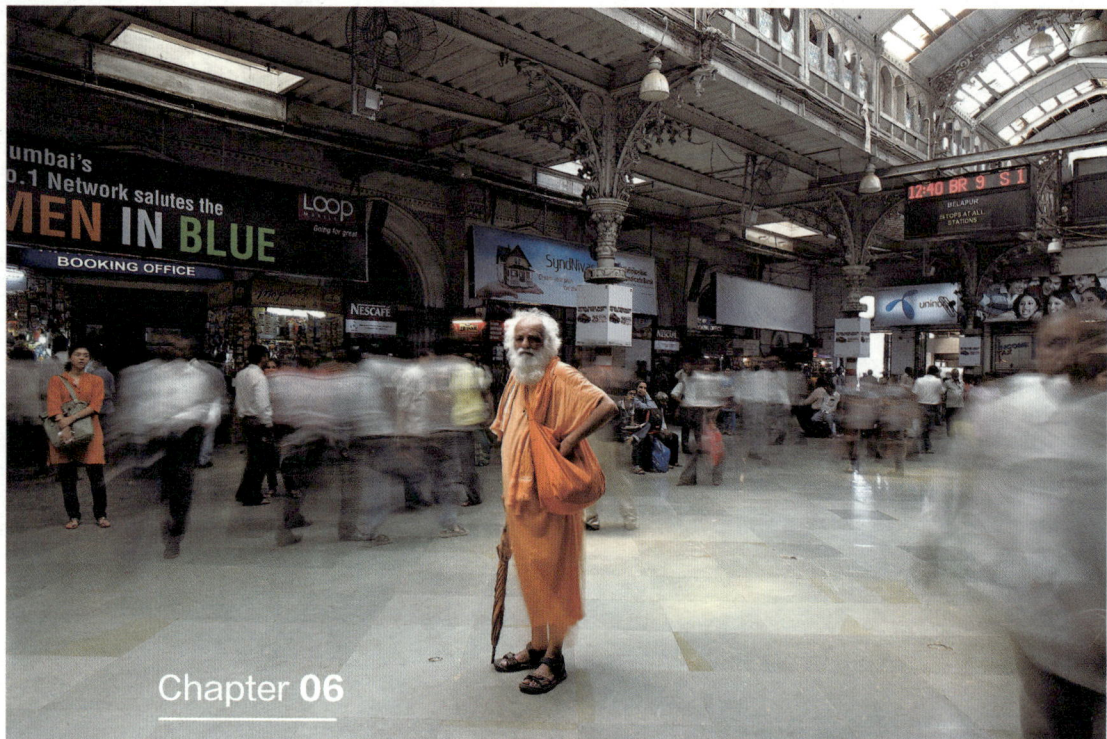

Chapter 06

INDIA

文 _ 刘子超

印度
车轮上的国度

印度是不能被评判的。
印度只能以印度的方式被体验。
——V.S. 奈保尔

"百年纪念"特快：新德里（New Delhi）——阿姆利则（Amritsar）

印度人告诉我，如果想了解真实的印度就要去农村。我以为这并非完全准确——印度人已经把他们的农村搬到了火车站。

在新德里火车站的候车大厅，鸽子扑簌着翅膀飞进飞出，把羽毛和粪便毫不留情地撒在安之若素的旅客身上。门外是烈日与噪音。人力三轮车、"大使"出租车、摩的，像一个个愤怒的原子做着"布朗运动"，但似乎又保持着一种奇怪的秩序。水牛悠闲地把脑袋伸进垃圾堆寻找烂菜叶，它们在印度被视为圣物——印度教上帝湿婆的坐骑。

来印度之前，我在很多媒体上读到关于印度崛起的报道。它们像一种背景音乐，充满了极具催眠效果的旋律。但在新德里火车站，我却看不到任何现代的迹象。一切似乎和1897年马克·吐温在《沿着赤道线》一书中描述的场景一样："在火车站，沉默的寄居者带着简陋的行李和家什，坐在那里等待——他们在等待什么呢？"

我在人体迷宫中左突右冲，像玩着童年的跳房子游戏。到处是打地铺的人，老老少少，把这里当成"爱的港湾"。他们似乎早已适应了这样的生活：有的裹得严严实实睡觉，有的坐在地上安详梳头，有的在水龙头下愉快冲凉，有的生火做饭，有的目视远方，有的从编织袋里拎出一个几个月大的孩子……很多人的表情中带着四川人所说的"安逸"。

对现代化的定义，印度人一定比我乐观。对于眼前的情景，他们充满了熟视无睹的平静，在这座没有围墙的"村庄"来去自如，巨大的车站仿佛俄国现代舞台上象征派的伟大布景。

"这是印度人待人处世的典型态度，"V.S.奈保尔写道，"这种心态在其他民族中肯定会引发精神错乱，但印度人却把它转换成一套博大精深的强调消极、超脱和接受的哲学。"

我被裹挟在人流里，呼吸着混合了垃圾、霉斑、人体和咖喱味的空气——那是人性的气息、印度的味道。"感受异国情调的首要工具是嗅觉。"T.S.艾略特曾如是说。如果他没有去世，我真想告诉他，他的话可靠得如久经考验的革命战士。

穿过形式主义、敷衍了事的安检，我看到足足长达一千米的"百年纪念"号列车。它横亘在1号月台下，每节车厢上都标示着等级。从普通坐席（Non-AC）走到豪华空调舱（EC），走过的不仅是几百米距离和相差5

一个朝圣者徘徊在1887年建成的孟买维多利亚火车站。维多利亚火车站于2004年7月被列为世界文化遗产

从加尔各答开往塔塔钢铁城的三等车厢挤满了乘客

倍多的票价，更是两个泾渭分明的阶级。空调舱的人多来自新兴的中产阶级，他们富裕、有教养、说英语，是时代的受益者，而普通坐席的乘客则是印度的普罗大众，是那些经常在电视里出镜的坐在车顶上、吊在车厢外的百姓。

印度的铁路已有158年的历史。1853年4月16日，孟买到塔纳31千米的铁路开通，宣告印度开启了现代化进程，而彼时中国还在经历太平天国战争的阵痛。

最初，英国殖民者怀疑，在印度这个充斥着苦行僧和乞丐的国度，是否有必要修建铁路。他们付得起车票吗？他们有提高生活节奏的必要吗？最重要的是，他们会选择火车而不是牛车出行吗？种姓制度也是一大麻烦。人们会允许"不可接触者"与婆罗门并肩坐在一节车厢里吗？

1843年，印度总督达尔豪斯勋爵力主修建铁路。很多印度人至今引以为豪地记着达尔豪斯的一段话："伟大的铁路系统必将彻底改变这个烈日下的国度，它的辉煌和价值将超越罗马的渡槽、埃及的金字塔、中国的长

达尔湖上的蔬菜市场

城，以及莫卧儿王朝的寺庙和宫殿。"

然而，对我来说，选择铁路作为穿越的工具，除了一睹超越长城的辉煌之外，更因为它至今仍是印度最可靠的交通方式——尽管它惯于晚点，与中国的高铁相比也相形见绌，但比起破败的公路，它至少可以较为舒适地把你送到印度的任何一个角落。

另一方面，一列火车就像一座移动的巴扎、一个微缩的社会、一个舒适的旅馆、一段充满未知与不确定性的旅程。当铁公鸡一路鸣叫绝尘而去，你既可以饱览沿途风光，也有机会遇到各种各样的乘客。

比如辛格先生。

他戴着厚厚的眼镜，看人时眼珠几乎都躲到镜片上方。我一坐下来，他就告诉我，从新德里到阿姆利则——从印度的心脏到印巴边境——这趟城际特快只需要9个小时。

辛格先生是旁遮普人、锡克教徒。他穿着衬衫、西裤，蓄着大胡子，戴着红头巾。和我说话时，他打开Montblanc皮包，拿出黑莓手机，腕上是一块金光闪闪的手表。

锡克教徒是印度最容易辨识的族群。他们戴头巾、不剃发、穿某种短裤、戴钢制手镯、使用Singh作为姓氏，意为"狮子"。这些标记让一个锡克男人永远不会忘掉自己的身份。

锡克人以勇猛善战著称，这与他们倡导以暴力抵抗迫害的宗教传统密不可分。然而，有些锡克人也非常温柔，比如我身边的辛格先生。火车一开，他就打起了电话，温软的语调，简直让人怀疑不是从他那强壮的、长满汗毛的身体里发出的。

我不由想起两则关于锡克人的笑话。一则说，一个锡克人准备移民加拿大，被告知要先和一只狗熊摔跤，再强奸一个印第安妇女，以此来证明自己能做一名真正的加拿大人。一个月后，这位头巾散乱、一脸伤痕的老兄回来宣布："现在，我该去和印第安妇女摔跤了。"另一则笑话讲的是，一个锡克人错过了公交车，他一路狂追，最后竟然跑回了家。他得意地告诉妻子，他因此省下了50卢比的车费。他的妻子遗憾地说："如果你追出租车回来，就能省下100卢比了。"

我看着火车穿越号称"印度粮仓"的旁遮普平原。窗外地势平坦，一碧万顷，村落皆隐于田畴之外。有一瞬间，我甚至以为自己正在京广线上，穿越同样景色的华北平原。但与华北平原不同，在三面环海、北有喜马拉雅山脉的印度次大陆，意为"五河汇流之地"的旁遮普，是印度与外界连接的唯一陆路走廊。这一地理位置与其说是幸运，毋宁说改变了旁遮普，决定了这里从古至今跌宕起伏的命运。

印度历史上，每一次异族入侵，无不通过旁遮普的门户进入印度次大陆。每次都伴随着杀伐，给眼前的土地留下了深深的烙印。

公元前6世纪，波斯君主最先入主旁遮普。他们在这里的统治维持了将近300年，直到公元前326年，马其顿的亚历山大大帝征服此地。他们留下的古代钱币至今仍埋在旁遮普的土地里。

公元8世纪，勃兴的伊斯兰教开始在印度扩张，随之而来的是阿富汗的征服者。在穆斯林的统治下，旁遮普经历了一场经济、文化的蜕变。印度教的血液被注入了伊斯兰教的基因。伊斯兰君主热衷文学和艺术，大批工匠在财富的诱惑下来到旁遮普，各种工商行会也遍布旁遮普的城镇与村庄。

自1520年代，莫卧儿人——成吉思汗的后裔，掌控旁遮普长达两个多世纪。期间，旁遮普人反抗不断。一个名叫那纳克（Nanak）的簿记员

之子崛起于草莽，创立锡克教，被旁遮普人称为"照亮黑暗的第一缕曙光"。然而，莫卧儿与锡克军队的冲突持续不绝，战争成为常态。1675年，第十代上师古宾信（Gobind Singh）登位，他积极改革锡克教，将入教仪式由"足洗礼"改成"剑洗礼"。"剑"开始被锡克教奉为圣物，武士成为宗教的圣徒。按照教义，每一名武士都有两把剑，分别象征世俗和精神。当和平手段失败后，武装抗争就要成为锡克教徒的使命。他们付出的代价不可说不惨痛。从1708年至1764年，莫卧儿军队对锡克教徒进行了灭绝性的屠杀。据史料记载，每一个锡克人的脑袋都被定下了赏金。十世格鲁的两个儿子也被莫卧儿人用砖块砌起来活活闷死。锡克人躲进深山，直等到莫卧儿王朝风雨飘摇，他们才在兰日信大王的带领下成立了锡克教帝国。

这是旁遮普最后的辉煌，辉煌得如同兰日信琢造的那颗为世人觊觎的科·依·诺尔钻石（世界最大钻石之一，重191克拉）。兰日信死后，不可一世的不列颠人来到了这片土地。

两次英国—锡克战争后，兰日信的儿子被带到英国，同时被带走的还有那颗钻石。维多利亚女王赐给兰日信之子豪华的庄园和奢侈的生活，还做了他儿子的教母。尽管这位旁遮普的"阿斗"在晚年进行了一次反抗，但最终失败，他亦客死巴黎。

我坐的豪华空调舱票价1500卢比，相当于220元人民币，还包含品种丰富的晚餐。我正在考虑吃什么，总算打完电话的辛格先生突然向我伸出援手。

"他们有玛莎拉鸡和柠檬烤鸡，味道都不错，"辛格先生说，"你要哪种？"

"玛莎拉鸡。"

"他们还有绿色拉，要不要来点？"

"来点吧。"

"再来杯奶茶？"

"听起来不错。"

辛格先生用印地语帮我翻译给服务员，我向他表示感谢。他耸了耸肩膀，一副何足挂齿的表情。他喷着淡淡的香水，指甲修剪得干干净净。他说他在一家电信公司工作。因为工作关系，每月都要去香港和上海出差。他的父母在新德里，妻儿在旁遮普的卢迪亚纳。他刚从上海飞回新德里，乘"百年纪念"号回家。

"锡克教是一种非常温和的宗教。"当我和他谈起宗教时他说，"我们尊崇十位格鲁，以他们传授的《阿底格兰特》为经典，《阿底格兰特》象征第十一位格鲁。"

锡克教以公平正义和宗教自由为基本教义。早在创教之初，第一代格鲁那纳克就提出中庸之道。他认为并无印度教，也无穆斯林，两种宗教信仰可以融合在一起。

"我们的寺庙和佛教的寺庙一样非常干净。我们欢迎任何人，不管他们是锡克、穆斯林、印度教，甚至是没有宗教信仰的人。"辛格说，"锡克教只要求信徒内心虔诚地信仰——这就足够了，甚至不需要做各种各样的崇拜。"

"锡克教要求把头发包起来。"

"我们认为头发是神圣之物。这有点像你们中国人说的——身体发肤受之父母。"辛格微微叹了口气，"但现在越来越多的人开始不管这套了，这是印度从来没有过的状况。我相信有一天我们会为此付出代价。"

服务员端来香蕉和橙子，告诉我们火车正在经过印度最年轻的城市——昌迪加尔。夜幕下，不远处的城市用灯火勾勒出自己的线条与身影。与铁路并行的公路上，几辆铃木牌汽车被我们超越，远远甩在身后。

"让昌迪加尔成为印度天赋的第一次伟大表达，像花一样绽放在印度新取得的独立上。"这是印度首任总理尼赫鲁传达给法国建筑师勒·柯布西耶的意图，而后者受邀在这里建造了一座崭新的城市。

从没有哪位建筑师拥有这样的机会来实现自己的美学抱负。柯布西耶1951年2月第一次涉足印度，仅四天之后，他就拿出了一套蓝图：使整座城市呈现格子一般的布局。在柯布西耶看来，城市的构成应如同人体。北部的建筑群代表城市的"头部"，市中心是"心脏"，大学是"肋骨"，绿地和公园是城市的"肺部"，而窗框一般笔直、四通八达的公路是城市的"血管"。城市被分成若干区域，建立以家庭为主导的社区，以控制不同社区之间的交通流量。在其中，任何居民出门处理日常事务都无须步行超过10分钟。没有一个房间、没有一扇打开的门需要面对嘈杂的交通，这是柯布西耶规划的主旨。

柯布西耶主义与印度人习惯的美学思想大相径庭，但尼赫鲁给予了他极大的认可——带着明显的政治意图。他在一首诗中写道：

我热切欢迎昌迪加尔，

这一在印度的实验。

很多人议论纷纷，

有人喜欢，有人厌恶……

昌迪加尔给人当头一棒，

它可能令你不安，

但它也令你思考，

并接受新思想。

在很多领域，

印度最需要的，

就是当头一棒。

这样人们才能去思考。

这时，我的身边突然出现一阵骚动。人们像母鸡看到撒在地上的玉米粒似的，纷纷跑过来，与我前面的一个老人握手。

"发生了什么？"我问辛格。

"啊哈，他是古兰姆·阿里（Gulam Ali），巴基斯坦最著名的歌唱家，在印度也家喻户晓。"

辛格告诉我，小时候父亲开车带他去看阿里的演出，很多人挤在一间小礼堂里，而他自己收藏了一箱阿里的唱片。"他是一位伟大的艺术家。"

阿里戴着金边眼镜，穿着样式很像中山装的灰色衬衫。他听说我来自中国，便说15年前他曾在北京人民大会堂演出过，脸上是天涯咫尺的神情。

由于身边围了一圈人，阿里散发着一种德艺双馨的气场。一位乘客带头唱起了阿里的歌。阿里也随着众人打着节拍，脸上浮现着淡淡的笑容。他在贾朗达尔下车。人们抢着帮他提行李，纷纷与他告别。在众人的簇拥下，阿里下了车，消失在旁遮普的夜色中。

火车到达阿姆利则时，已是午夜时分。车厢里还未离开的乘客，大都是去阿姆利则金庙（Golden Temple）的朝圣者。阿姆利则对于锡克教，如同瓦拉纳西对于印度教，是最为神圣的宗教场所。和所有的圣地一样，这里人潮汹涌，充满着神圣的世俗混乱。而作为边境城市，阿姆利则显然并非政府投资的首选。中央火车站的红砖上刻着"建于1931年"的字样，它显得比这个时间还要饱经风霜。大厅阴郁窒闷，地上横七竖八，摩的司机和三轮车夫一起争抢刚被火车站吐出来的乘客。

我试图感受30多千米之外的巴基斯坦。印巴分治以后，旁遮普被一分为二，边境上曾有几百万人大迁徙，拖家带口，赶着牛车，腾起的尘烟绵延数十千米。

一切早已了无痕迹。曾经的呼喊和伤痛，化作史书上的一缕青烟。锡克人很快从分割的创伤中恢复过来。用辛格在火车上的话说："锡克人大都非常努力，他们很快成为印度最富有的群体。"他们在每个领域都干得不错，位居要津的人不在少数，举其著者如现任印度总理曼莫汉·辛格。

第二天一早，我前往金庙。因为朝圣者太多，不得不提早下车，步行完最后一千米。一个锡克教徒把一块橙色头巾硬塞到我手里，向我要20卢比，合3元多人民币。他说："每个进金庙的人都要戴头巾。"

我光着脚，随着厚重的人群涌进金庙。这座用镌刻经文的金叶打造的寺庙，被一片圣池环绕，金色尖顶倒映在池水里，显得奢华无比。据说《罗摩衍那》里提到了这个地方，而佛陀早在他的时代就感受到了此地的殊胜气氛。

由于金庙提供免费住宿、淋浴、饮食、奶茶，甚至甜点，很多锡克人干脆住在这里。1982年，一个叫宾德兰瓦勒（Bhindranwale）的锡克教牧师进入金庙，把这里当成自己的宫殿。他首度现身时，国大党曾给予支持，幻想利用他来对付其他政治对手，结果养虎遗患。宾德兰瓦勒的胃口越来越大，他宣扬清洁锡克教的信仰，排斥印度教的救赎，提出旁遮普独立于印度统治，成立政教合一的国家。之后，恐怖主义成了他表达信仰的方式。他从巴基斯坦走私军火，暗杀印度教徒，抢劫银行，没人敢动他一根汗毛。

1984年6月，经历了毫无结果的谈判，时任印度总理的英迪拉·甘地夫人下令军队进驻金庙，剿灭宾德兰瓦勒及其追随者。军队遭到强硬抵抗，因为不敢攻入金庙，他们的还击只能造成平民伤亡和金庙的损坏。最后，军队请求装甲车支援。担心事态扩大的英迪拉·甘地犹豫不决，但最终批准了请求。13辆装甲车在金庙前一字排开，宾德兰瓦勒的追随者用反坦克火箭和燃烧瓶回击。

从瓦拉纳西到菩提迦耶之间的汽车旅程

对于眼前的情景，印度人充满了熟
视无睹的平静

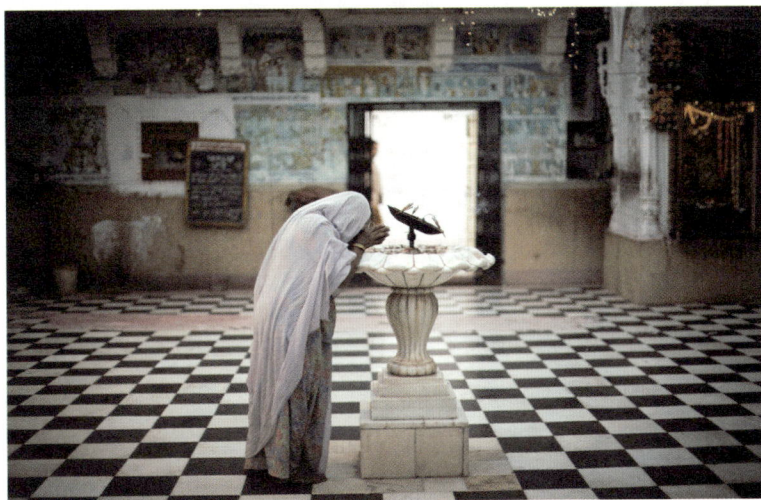

几天后，宾德兰瓦勒弹尽粮绝。他对追随者说："愿意做殉道者的跟我走！"他带着50名死士，手持冲锋枪从掩体中冲出，立刻被军队猛烈的扫射打成了筛子。加上双方之前已经被打死的600多人，金庙尸横遍地。

圣地惨遭亵渎的消息引起锡克教群体的强烈不满。更有谣言说，占领金庙的印度教士兵在里面喝酒抽烟。甘地夫人遭到抨击，军方也不得不承认他们本来够能找到更好的办法孤立宾德兰瓦勒。

锡克教的复仇行动不断发生，新德里到处部署着荷枪实弹的警察，但锡克人还是找到了机会。10月的一个清晨，毫无防备的甘地夫人被她的两个锡克保镖刺杀身亡。如今，那面溅满血迹的墙壁依然保存在新德里的英迪拉·甘地纪念馆。

在烈日下，人们像压缩饼干一样排着长队，等待进入金庙。他们最多在里面待上3分钟就要给后面的人让路。食堂里，30多个厨师正挥动着铁锹做饭，40多个刀工在削十几麻袋土豆，50多个洗碗工洗着数不胜数的餐具。不锈钢碰撞的轰鸣里，锡克朝圣者或坐或躺或跪在地上等待开饭……

我决定离开。我打了一辆摩的来到火车站，立刻像一粒水滴，被人潮淹没。

8104号快车：瓦拉纳西（Varanasi）—格雅（Gaya）

在印度旅行多日后，我发现最大的挑战不是到达一个地方，而是怎样到达。

我很少选择飞机，因为飞机把旅行简化为从一个景点到另一个景点的乏味转换。身在印度，但又和印度毫无关系。我也很少选择长途客车。印度的路况之差、超载之严重，往往让我还没上车就已心生绝望。

刚开始，我租过几次车。那是在印度最贫穷的北方邦，与尼泊尔接壤的地方。我还记得我坐在那辆"塔塔"牌轿车上，手心始终处于冒汗状态。车内的劣质音箱轰鸣着印度歌曲，司机不时揉揉发红的双眼，在高速行驶的情况下就打开车门，把一口痰吐在地上。他从不观察后视镜或侧后视镜——实际上，和很多印度司机一样，他把侧后视镜折了起来。而且只要遇到会动的东西，他就要鸣笛。一路上都是花花绿绿的重型卡车，后面粉刷着"鸣笛"或者"请按喇叭"的卡通字体。一看到这些卡车，印度司机就显得格外兴奋。他们迫不及待地按起喇叭，仿佛这是在印度开车的一大乐趣。甚至在无人的旷野，他们也习惯性地鸣笛，让汽车发出一声声宣告势力的哀嚎。

坐了几次汽车之后，我变得几乎神经衰弱。这使我最终决定买一本列车时刻表，开始火车之旅。

第一次到瓦拉纳西车站，我就感到非同寻常。

那是凌晨5点，天空刚刚破晓，车站却似乎早已一片喧闹。缠着红头巾的苦力，用脑袋顶着行李快走；卖奶茶和咖喱角的小贩吆喝不停；乘客们打着哈欠下车，花1卢比买一根长10厘米的树枝当牙刷，把绿色的唾液吐在站台上。站台下是五颜六色的垃圾和人体排泄物，老鼠们在其间热烈地寻找食物。

在中国，我已见不到这样的场景。每当火车快进站时，乘务员都会毫不留情地把厕所门一锁，任谁也别想使用。但在印度——世界上人口最多的民主国家，谁也不能剥夺人民排泄的自由。火车上，一位英俊的婆罗门就对我说，站台下的景象不仅不应视为对尊严的侵犯，还应看作是对自由的表达。

火车站外的广场上停满了"觅食"的摩的。在昏黄的路灯下，它们和城市一起被简略成一片低矮的剪影。空气中飘着牛粪和硫磺的味道。我不由想起世界印度教大会激进分子苏尼尔·曼辛卡的一句话："神存在于牛粪中。"

牛是湿婆的坐骑，而瓦拉纳西正是"湿婆之城"——印度教最神圣的地方。这座中世纪的古城内有两千多座印度教寺庙。每天有成千上万的朝圣者涌到这里。他们生时希望在恒河沐浴，死后梦想把骨灰洒进恒河。7世纪，玄奘大师来到这里，看到人数远超过佛教徒的湿婆派修行者从事苦行，求证生死。在《大唐西域记》里，他形容这里"闾阎栉比，居人殷盛，家积巨万，室盈奇货"。

如今，瓦拉纳西依旧繁华，以至交通堵塞成为无解的难题。当三轮车、汽车、摩托车、三轮摩托车、马车、牛车、圣牛、人和流浪狗一起挤在并不宽敞的马路上，你只能把目光移向天空，告诉自己如果"瓦拉纳西的每颗石子都是湿婆的化身"，那么你眼前的一切一定也都是无比神圣的。

黎明时分，我坐着一叶小舟，在恒河上漂流。一位印度教的苦行僧曾希望把恒河之水从天上引下凡间，以净化人们的灵魂。恒河女神答应了他

的要求，可水势太大，会淹没一切。苦行僧继续苦行，终于感动了湿婆。他让浩瀚的恒河水流经自己的头顶，在他的发髻中，河水变成涓涓细流。它纵贯三千余千米，成为印度文明的发源地。

此时，有人点亮荷灯。一盏盏荷灯顺流而下，像载着一个个往生的魂灵。一轮红日在对岸的白沙滩上喷薄欲出，我看到瓦拉纳西老城沉浸在半明半暗的光影里，仿佛是由火车站里那些黑瘦的双手所建，带着一种即兴的、未完工的壮美。

码头石阶上，朝圣者一边双手合十祷告一边洗澡，不少人眼中含泪。不远处是火葬台，尸体的黑烟伴着乌鸦的鸣叫随风飘逝。

太阳升了起来，恒河一片金色。在如梦如幻的薄雾里，我突然看到一群人影——没错，我揉了揉眼睛——他们撩起印度长袍，像罗丹的"思想者"，正迎着朝阳蹲在河边大解。

我再次感到瓦拉纳西的不同寻常。圣雄甘地说："散布在这块土地上的，并不是一座座景致优美的小村庄，而是一坨坨粪便……由于我们不良的生活习惯，我们污染了神圣的河川，把圣洁的河岸变成了苍蝇的孳生地……"一切都未曾改变，我甚至感到印度的力量正来自印度人这种近乎本能的生命延续感。

在藏传佛教里，有这样一则故事。一天，龙树菩萨的弟子提婆在恒河沐浴的人群中，洗一个装满脏东西的瓶子。当时还是婆罗门的马鸣问他："你为什么只洗瓶子表面，而不管里面的污垢？"提婆反问道："人们通过沐浴能洁净身体，可是能洁净内心吗？"

这是我去鹿野苑的路上读到的故事。它表现了一种典型的佛教思维——对婆罗门正统观念的消解和反叛。但佛教同样强调忍辱和非暴力，所以它最终抵挡不了印度教和伊斯兰教的双重鲸吞——距瓦拉纳西10千米的佛教圣地鹿野苑，如今变成了一座遗址公园。

在残垣断壁间的大树下，我看到很多情侣，让人意识不到正是在这里，佛陀首次开示了他在菩提树下发现的一切：我们并不知道痛苦到底是什么。任何我们认为会让自己快乐的事物，若不是在痛苦边缘摇晃，就是瞬间变成痛苦的因。要认知世间明显的痛苦，相对比较容易，但是要感知在轮回中某些人所拥有的所谓"美好时光"其实就是痛苦，或将会导致痛苦，却相当困难。痛苦并非从外在降临到我们身上，而是我们自己情绪反应的产物。不论我们受了多少痛苦，不论我们感觉那个痛苦及其原因有多

佛陀涅槃堂

么真实，它终是一种幻相，并非真实存在。佛陀告诉他的信徒，这个真谛我们完全可以自行领悟，他还指出了一条可供遵循的道路。

为了缅怀佛陀，我花了10卢比，相当于1.5元人民币，进入鹿野苑。这里只有几个铁笼，里面养了些飞禽，最珍稀的是两只鹈鹕。旁边的小树林里，还有三只鹿，一只过来讨食，两只趴在树下。正当我掏出相机，准备记录佛历2555年的鹿野苑时，一个穿着印度长袍的精瘦男人从一棵树下走了出来，眼睛里闪着鬼祟的光。

"朋友，需要帮助吗？"——印度人民习惯以"朋友"作为句子的开头，不管后面要讲什么，大有"四海之内皆兄弟"的气势。

"不，谢谢。"

"我有一尊佛像，是从鹿野苑的达麦克塔上抠下来的。"他的声音与沿街叫卖果汁的小贩无异，"1500年历史，7000卢比，要多划算有多划算。"

我摇头。

印度的力量，来自于印度人近乎本
能的生命延续感

他从长袍里摸出那尊石头佛像，"朋友，好吧，5000卢比就卖你。"

我加快脚步，很快又有一个小贩凑了过来。他手里拿着一尊粗糙无比的佛像："非常便宜，先生！100卢比！"

我继续往前走，他还是锲而不舍。一路上，他不断降低价格，由100卢比降到了20卢比，破碎的声音终于由叫卖变成了哀求。

"给我10卢比，先生，"他用手比划着，"吃饭。"

我拿出20卢比放在地上，趁他捡钱的空当迅速离开。一道铁栏外，一双双黑瘦的手伸进来朝我喊着："卢比！卢比！"

我不叫卢比，我也从未受到过如此欢迎。

佛陀入灭后两百多年，孔雀王朝出了一位笃信佛教的阿育王。他在鹿野苑树立起一座石柱，以纪念佛陀在这里初转法轮。7世纪，玄奘大师记载鹿野苑的寺庙有小乘僧人1500位，精舍高达二百余尺，四周墙壁上都有佛龛，里面供奉着黄金佛像。10世纪以后，印度教开始占领鹿野苑。两个世纪以后，鹿野苑被伊斯兰教夷为平地，佛教徒纷纷逃离。19世纪，已沦为当地人畜牧场的鹿野苑引发了英国考古学者的兴趣，康宁汉主持的发掘工作由此启动。但那些曾经用来建筑佛寺的砖石却被当地政府运往瓦拉纳西修建各种建筑，其中就包括瓦拉纳西火车站。

我曾问过一个来印度朝圣的缅甸和尚：如果佛陀真的具有无边愿力，为什么圣地会有那么多的乞丐，会有如此的贫穷？

"的确，佛教以慈悲为怀，但你要知道，佛教同样讲究因果报应。也许这听上去有点不妥……"缅甸和尚顿了一下，思考着如何措辞，"但在我看来，这里的人造了太多恶业。他们毁坏佛像，屠杀佛教徒，种下了孽缘。我认为，这是他们今生受苦的根本原因。"

"那么，缅甸呢？"

"苦难到处都是。"

"听说昂山素季还在被软禁？"[①]

"是的，"缅甸和尚说，"我很高兴你知道她。"

我看着眼前的鹿野苑，想着缅甸和尚的话，感到无言的悲伤，好像我一路来到这里，只为了目睹眼前的断壁残垣和那些挣扎在饥饿线上的人们。那些已经毁坏的、已经腐烂的、已经衰败的，显现的不是文化的缺失和挫败，就是征服者的暴虐和贪婪。我想到佛陀的教诲："一切建造必会崩塌；我们生命中聚合的人或物，终将离散；我们所见的世界，是自己感知的结果，它并不真实存在。"

这时，一个人朝我走了过来。仿佛为了表明他的真实不虚，他一到我面前就开口说话了："你是哪里人？"

后来，我得知这位拉亚帕拉先生是孟加拉人，定居伦敦。他正带着太太和儿子在印度旅游。

拉亚帕拉先生问我，对中国人来说上帝是谁？

我告诉他，在中国，有人信仰佛陀，有人信仰基督，也有人信仰马克思，但大部分人没有信仰，也不把谁当作上帝。

拉亚帕拉先生不太相信，他认为中国人一定有上帝，而且这个上帝是佛陀。我只好就此问题对他进行了解释。

"佛陀并不是上帝，而是觉者。"我说，"我们每个人都有佛性，这是觉悟的基因。所以佛经里说，我们每个人都有成佛的可能。"

①昂山素季已于2010年11月获释。—编者注

拉亚帕拉先生摇摇头，他说："佛陀怎么可能不是上帝？即使在印度教里，佛陀也是第九大神。"他的太太和儿子站在旁边，面无表情地看着我们，好像在为这场争论做裁判。

拉亚帕拉先生站在树荫下，显出一副极力要说服我的样子，而我站在骄阳下，感到很有必要尽快结束对话。我对拉亚帕拉先生说："佛陀是中国人的上帝，你说得没错。"

我再次回到了瓦拉纳西车站。因为人太多，只买到了去格雅的站票。

8104号快车是典型的平民专列。它从旁遮普的阿姆利则一路颠到恰尔肯德的塔塔那迦——塔塔钢铁厂所在地，需要34个小时。在我上车以前，它已经在路上吭哧了一天一夜。它在瓦拉纳西停靠15分钟，把已经饱和的载客能力再强行提高几个等级。

如今，我手里攥着的这张二等舱站票，已经因为我紧张的心情而变得汗渍斑斑，像一根发软的面条。我想到甘地写过的情景：

"人们像对待羊一样地对待三等车厢乘客，他们的舒适是羊的舒适。"甘地接着质问道，"一等车厢的票价是三等车厢的5倍，可三等车厢的乘客是否享受到了五分之一，甚至十分之一一等车厢的舒适呢？"

尼赫鲁也说："即使看别人坐三等舱也是一件痛苦的事情。"于是1974年，他的女儿英迪拉·甘地把三等舱改名为二等舱，但这不过是一段偷换概念的历史，丝毫无法平复我的心情。

车厢里果然已经人满为患。我上下左右环视了一圈，视线所及无不坐满了印度同胞。他们大都穿着破旧的衬衫，我一进来，他们的身体和目光就围了过来。他们从没见过中国人，当我告诉他们我是从中国来的记者，他们把我围得更紧了。

叫卖奶茶的小贩从人群中挤过去，一只老鼠趁乱爬出了窗子。一个14岁的男孩主动和我攀谈起来。他说他叫阿密特，种姓是婆罗门。

在印度，种姓制度已于1947年废除，但这并不是一次简单的精神松绑。在世俗生活层面，种姓仍然具有很强的约束力。尤其是在这趟火车穿越的北方邦和比哈尔邦，种姓的割据仍十分严重。

许多人将比哈尔首府巴特那称为"拉鲁王国"的首都，实际上，就是以印度最著名的低种姓领导人拉鲁·亚达夫的名字命名的。1990年以来，亚达夫通过亚达夫种姓与穆斯林的强强联合（MY联盟）上台统治比哈尔。亚达夫是印度最大的"其他落后阶层"之一，他们属于北印度传统的牧牛

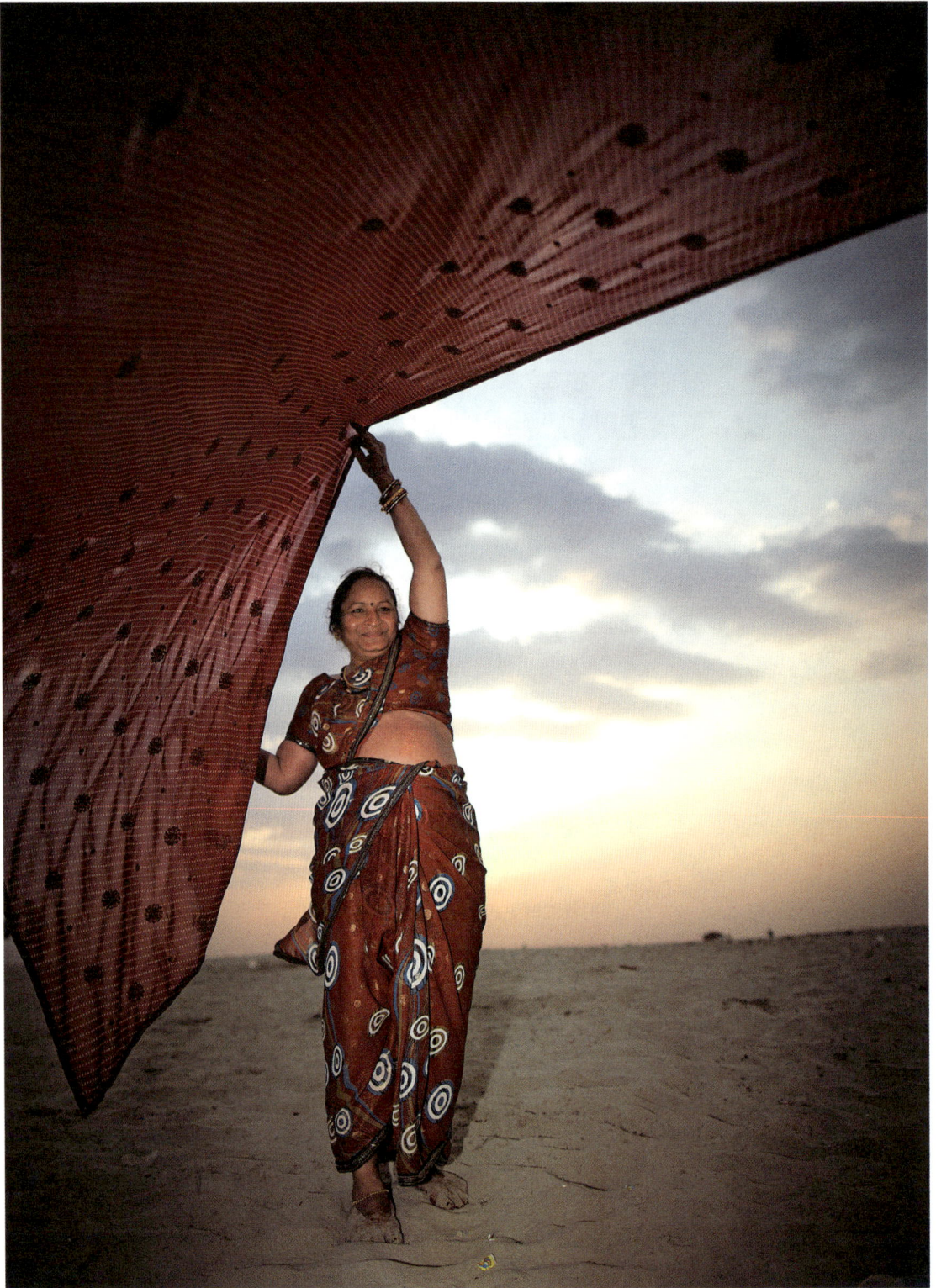

者种姓，在种姓等级中地位相对低下。然而在种姓分离严重的比哈尔，MY联盟为亚达夫连续四届连任贡献了至关重要的选票。

亚达夫认为，历史的不公和骗局否认了他们在上层阶级中的正确位置，他们本该属于上层种姓，而不是被污染的种姓。印度大多数低种姓都创造出了类似的令他们引以为豪的神话，即他们的高贵血脉在时间的迷雾中被诡计多端的婆罗门所窃取。这也从一个侧面证明了种姓思想的根深蒂固。

因此，我能理解阿密特说到自己是婆罗门时，语气中的一丝骄傲。他还在上中学，和大多数印度年轻人一样，理想是做软件工程师。可当我问他对未来的软件工程师来说，最重要的科目是什么时，他脱口而出的答案却是——"英语"。

"如果懂英语，你就能去世界上的任何地方，"他说，"而且和中国相比，印度的最大优势也是英语。"

"如果能去世界上的任何地方，"我问他，"你会去哪儿？"阿密特想了想，回答道："孟买。"

我问起他的老家北方邦，他摇了摇头。"这里穷人太多，他们拖住了社会的后腿，"阿密特说，"我父亲经常教育我，学好英语，将来去孟买工作。"

这与我在中国县城里听到的答案几乎如出一辙，只需把孟买改为上海或者北京。我一时搞不明白，学英语和去孟买究竟有多大的必然联系。但对于一个远在印度最落后邦的年轻人，去孟买的迫切性与学好英语的重要性或许可以等量齐观。

"你的英语已经很好了，"我对阿密特说。虽然一个中国人对一个印度人英语的夸奖并不太具有说服力，但阿密特还是得意地冲坐在旁边的父亲挑了挑眉毛。

阿密特的父亲递上一张名片，我也只好回赠一张。在这个热浪袭人的舱位，拥有名片是一件罕有的事，交换名片更显得煞有介事。因此周围人的目光都集中在我们手头的两张小卡片上，仿佛它们是两只名贵的小鸟，稍不留神就会夺窗而逃。

名片上写着，阿密特的父亲是德国贝尔医药公司驻印度分公司的市场营销员。

"生意不好做，"阿密特的父亲抱怨道，但他或许意识到和我说这些也于事无补，便转变了话题，问我中国和印度哪个国家的穷人更多。

在印度旅行，我经常遇到一些提问。比如，你对印度的印象如何？中国与印度哪个更好？中国与印度谁未来更有希望？一般来说，我只需大而化之地谈两句就足以应付此类交谈。

但这一次情况有点复杂。有整整一车厢的听众围着我，目不转睛地盯着我和阿密特的父亲，阿密特又十分及时地将他父亲的问题转译为了印地语，这让我感到怎么回答都有些为难。

最后我只好使出外交部惯用的招术："据我了解，印度的穷人要多一些，但印度正走在高速发展的道路上，情况会越来越好。"

对于我的回答，印度听众表示满意，他们纷纷议论起印度和中国的前景。在一个拥挤得像罐头一样的二等车厢，讨论国家前途是第二件相当奇特的事。

"印度有民主，但中国没有。"一个人说。

"印度很腐败，中国也一样。"

"中国为什么支持巴基斯坦？"一个自称来自孟买的人说。

"现在印度已经强大起来了。"这个人的话没有引起任何质疑，尽管周围的人都是那么贫穷。

"中国也很强大，"孟买人对我说，接着他还苦思冥想出一个例证，"中国玩具已经占领了整个印度市场！"

透过没有玻璃的窗棂，风吹打在我疲倦的脸上。我看着火车穿行在恒河平原上：农田、农民、水牛、村庄不断重复，像一幅单调的壁纸。我想到佛陀也曾走在这片土地上，而这里的景色恐怕自佛陀时代起就没有发生过太大变化。

火车即将到达格雅。我想到在印度最畅销的小说《白老虎》里，印度作家阿拉文德·阿迪加写了一个叫巴尔拉姆的年轻人：他出生在离格雅不远的小村庄里，作为低种姓的孩子，尽管他是班上最聪明的学生，为了生计却不得不辍学去茶铺打工。他一心想着离开家乡，摆脱黑暗和贫穷，终于闯入了大城市新德里，成为有钱人家的司机和仆人。他看见腰缠万贯的主人与跟他一样身份低下的仆人在大都市里积极钻营。在蟑螂、水牛、客服中心、妓女、三千六百万零四个神、贫民窟和购物中心之间，巴尔拉姆的内心世界发生着变化。他想做一名忠仆，但沸腾的欲望却促使他琢磨老虎该如何挣脱牢笼。他最终杀死了他的主人，逃往IT之都班加罗尔。

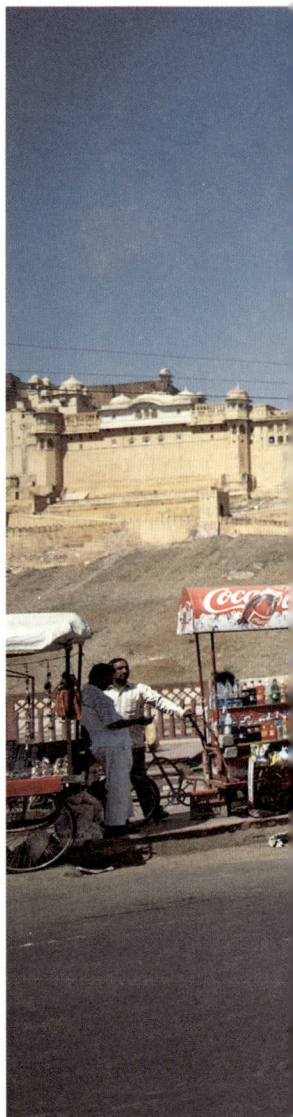

斋普尔琥珀宫旁

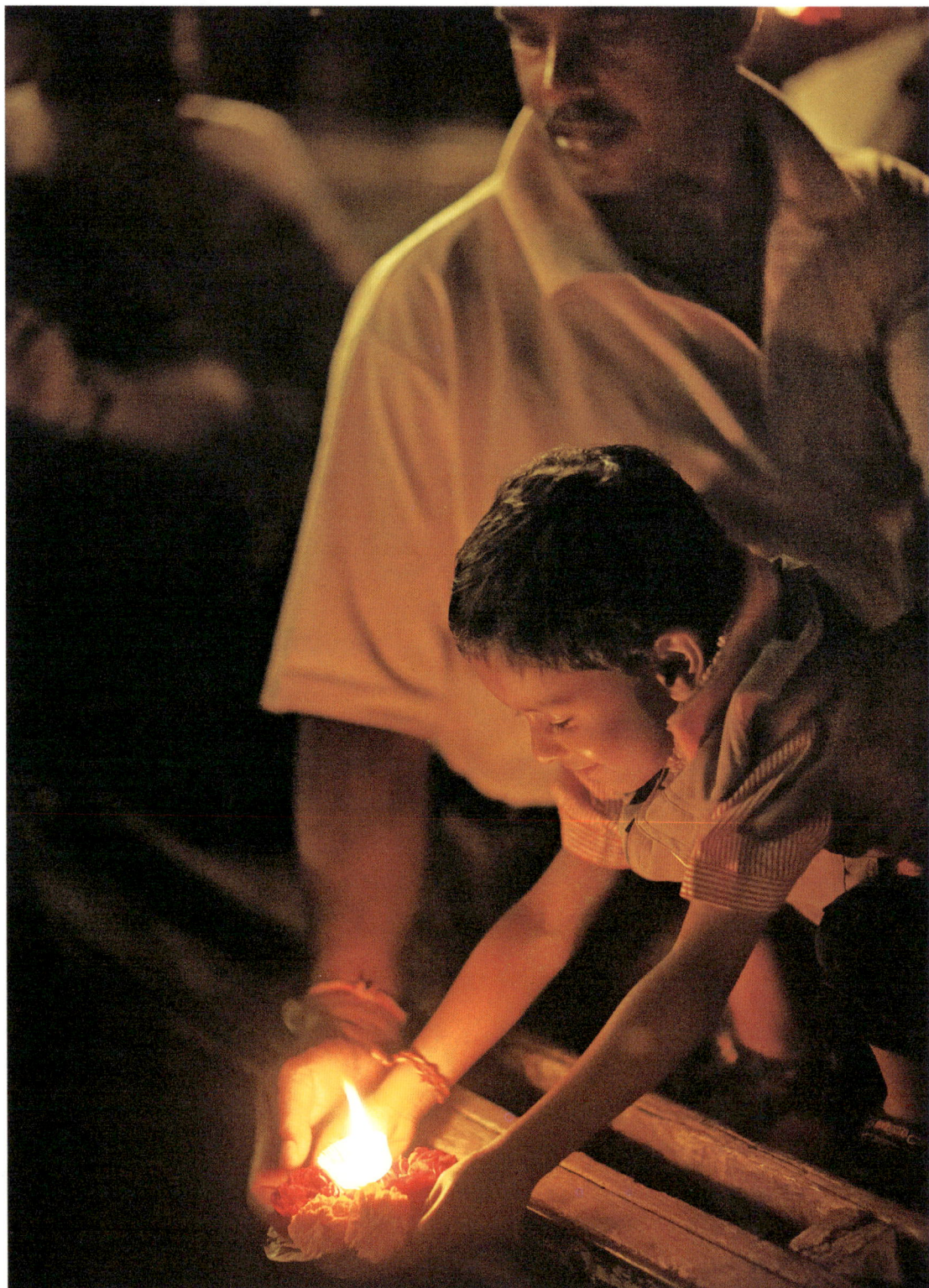

这本书获得了2008年的布克文学奖，或许是最能隐喻这片土地的小说。

"你能不能把名片还给我？"当我终于准备下车时，阿密特凑过来讪讪地对我说，"我父亲说，他只有这么一张名片。"

登山火车：大吉岭（Darjeeling）—古姆（Ghum）

三月中旬，我来到了大吉岭。在1963年制造的蒸汽机车上，头戴棒球帽的工人正把煤块铲进炉膛。黑烟裹着煤渣，随风飘向大吉岭火车站入口。一对避之不及的英国夫妇掩口冲出，像刚从二战电影里逃生的幸存者。

此时，印度大部分地区的气温已经接近35度。而在大吉岭，天气依然凉爽清新，太阳明晃晃地照射着山间的茶园，走在街上的人们还穿着夹克和毛质长裙。

这里距加尔各答490千米，从殖民时代开始就是英国人的避暑胜地。上世纪初叶，拥有2.5万人口的大吉岭，常年定居的英国人就有将近3000人。

"英国人热爱大吉岭，"布莱尔先生一边用湿纸巾擦脸一边说，"大吉岭是远离家乡的故土。"

布莱尔先生和太太来自英国利物浦。童年时代，任职印度的父亲就带着布莱尔来大吉岭避暑。1947年印度独立后，他们一家人迁回英国。半个多世纪过去了，这是他第一次回到印度，回到大吉岭。

"大吉岭几乎没有发生什么变化。"布莱尔说。

的确，英国人在这里兴建的教堂、学校和会员制俱乐部，依然屹立在大吉岭的日常生活中。大吉岭保持着一种老派的气质，像戴着夹鼻镜的祖母，低头从镜片上方看你。很多英国人回到这里——像布莱尔这样的老人。大吉岭凝聚着他们这代英国人的集体记忆——关于优雅生活和殖民地的记忆。

这列编号为791号的蒸汽机车只有两节车厢，每节车厢15个座位，几乎全被游客占领了。也难怪，它是世界上唯一仍在运行的高原蒸汽火车，行驶在宽约60厘米的窄轨上，看上去像是一个玩具。蒸汽机的嘶鸣声清晰可闻，蒸汽的阴影像浮云掠过铁轨。我坐在车厢里等待出发，像儿时等待高压锅里的炖肉。

火车鸣响了汽笛，终于缓缓启动。车厢开始剧烈抖动，玻璃在窗框中震颤不止。

"噢，"我听到布莱尔太太的声音："太棒了！"

火车穿行在大吉岭的街道上，速度不快，但蒸汽机的声音却足够惊心动魄。随着速度加快，它的轰鸣也愈发响亮，像在发出抗议。我怀疑它就要罢工，把一车人抛向山间。

窗外，深湛的峡谷云雾缭绕，大吉岭镇沿西瓦利克山的圆锥面平铺开来。在煤渣不断灌进车窗的噼啪声中，我看到布莱尔先生露出怀旧的微笑，仿佛回到了50多年前那个漫长的印度之夏。

大吉岭以红茶和铁路闻名于世，它们都是英国人的馈赠。在此之前，大吉岭的历史只与尼泊尔、不丹、锡金有关。直到19世纪初，大吉岭还由不丹和锡金轮流统治，而山下的雷布查人村庄则处在尼泊尔王国的控制下。

1828年，一个英国东印度公司官员的代表团在前往锡金的途中，在大吉岭停留，选中此地作为英国士兵的疗养地。1835年，东印度公司与锡金签订了租约。亚瑟·坎贝尔医生和罗伯特·纳皮尔中尉负责在此创建一个山中避暑地。

此时，东印度公司与中国的茶叶贸易正如火如荼地进行着。每年买卖茶叶的收入已占到英国整个财政收入的十分之一。1833年东印度公司丧失了在中国的茶叶垄断权。为了找到中国茶的替代品，它们决定将茶叶种植引入印度。

1834年，英国茶叶协会秘书长戈登"被派往中国，带回种子和栽培技术"。种子首先被送到加尔各答，然后分发至印度的不同地区。

清政府颁布严苛的法律，严禁茶叶种植技术泄露，违者处以极刑。英国人只得收买中国农民，在他们的带领下，秘密潜伏在茶山附近。不知出于何种目的，这些农民向英国人解释：在中国，肥沃平坦的土地都用来种植粮食，茶树只种植在不适宜粮食作物生长的山间，让那些被铁链拴住的猴子去采摘茶叶。英国人深信不疑，他们把茶树种植在大吉岭最陡峭的山坡上，训练猴子去采摘茶叶。不过很快他们就明白，自己被中国人当成猴子耍了。

英国人从加尔各答集合那些卖面条、修鞋的中国小贩，把他们送到大吉岭，想当然地认为所有中国人都懂得种茶技术。英国人的美梦又一次破灭，那些无处可去的中国人被迫留在大吉岭，继续卖面条、修鞋的生意。

后来，一个叫罗伯特的英国植物学家终于从中国找来12位有经验的茶农。在这些中国茶农的帮助下，1838年，印度种植的茶叶第一次被运回英国本土。

从那时起，茶园开始遍布大吉岭。由于找不到足够的人手，英国人别出心裁地把印度中部德干高原的土著迁移到大吉岭。他们的依据是，德干高原与大吉岭处于同一海拔。然而这些土著适应不了大吉岭寒冷潮湿的气候，他们白天干活，晚上逃跑。为了不被英国人抓到，他们宁愿躲进喜马拉雅山的深山密林。据说，这些人的后裔至今仍生活在那片森林里。

走投无路的英国人只好把目光投向尼泊尔。他们用羊毛围巾、靴子、银币做成的扣子笼络人心。这一招果然奏效，成百上千的尼泊尔人开始涌向大吉岭。正是这些尼泊尔人，最终成就了大吉岭红茶的今天——"当下午钟敲四下，世上的一切瞬间为茶停止。"

"10分钟。"乘务员一声吆喝。

此时，火车正停在大吉岭—喜马拉雅铁路的巴塔西亚环（Batasia Loop），铁轨在这块山间平地上绕了个完美的圆环。圆环中央的廓尔喀战争纪念碑像剑一样直刺天空，四周是正含苞欲放的九重葛。

大吉岭的明信片都愿意捕捉这里的景象：一列玩具火车"哐哐当当"地驶入巴塔西亚环，车头喷出白色的蒸汽，而印度第一高峰干城章嘉的积雪在天际线闪闪发光。

乘客们纷纷下车拍照。布莱尔先生站在门口，与老旧的车厢和记忆合影。驾驶室里，一脸煤灰的司机正清理炉膛里的煤渣。我走过去，问他开了多久火车。

"129年。"他以为我在问这条铁路的历史。

"不，我是说你自己。"

"我，6年了，先生。"他咧开嘴，露出两颗白得发亮的门牙。

10分钟后，火车沿着山坡的边缘继续前进。此时，薄雾已经渐渐散去，露出峡谷里几十米高的松树林。阳光像银鱼一样跳跃，清冽的空气从敞开的窗户里吹进来，带来布提亚布斯提佛寺的经忏之声。

火车走着"Z"字路线，布莱尔先生向妻子解释，这是为了缓解山势的陡峭。当年，这条铁路的设计师赫伯特·拉姆齐向妻子吐露自己面临的困难，他的妻子正要去参加舞会，轻描淡写地回答："你可以退回一点再接

着爬。"据说，这一铁路史上的技术难题由此解决。

　　1878年，大吉岭已经成为印度最重要的红茶产地。为方便茶叶运输，政府开始在大吉岭铺设铁路，而此前，人类还没有在高山地段铺设铁路的经验。两年半后，92千米长的铁路从山下的西里古瑞铺到大吉岭。印度总督林顿携夫人来为铁路剪彩。据说，因为林顿太太的帽子太多，有整整一队苦力跟在火车后面为她搬运帽箱。

　　一句印度谚语源于当时的场景："一个林顿已经很糟糕，几个林顿就是灾难。"

　　随着汽笛几声长鸣，火车驶进了古姆车站。5千米用了整整1小时——1881年的速度。

　　我下车，走进大吉岭—喜马拉雅铁路博物馆，里面收藏着各种遗物和纪念品。无疑，它们大都属于英国人。这里的一切似乎都表现着印度与英国的那一场浪漫邂逅，如同私生子迷恋自己复杂的身世，带着一种怀旧的沧桑，但最终归于寂灭。

在印度旅行，最大的挑战不是到达一个地方，而是怎样到达

菩提迦耶婚礼现场，有工作人员头顶射灯，将乡村公路建成临时的舞场

1948年，印度政府将大吉岭－喜马拉雅铁路收归国有。此后，因为无人管理，这里荒草凄凄，被人遗忘。1999年，怀旧的欧洲人把它评为"世界文化遗产"，印度人才意识到自己是大吉岭传奇的唯一继承人。

橱窗里展示着马克·吐温发表在报纸上的大吉岭游记，但没有关于康有为的记载，尽管1901年戊戌变法失败后他曾避居大吉岭，完成了《大同书》的著述。对于印度人和大吉岭，这段插曲无足轻重。

我站在古姆车站的茶铺外，喝下第一杯大吉岭红茶。

"首都"特快：新德里（New Delhi）—孟买（Mumbai）

在印度坐火车，我曾有两个目标：一是坐一坐号称印度最豪华的"首都"特快的一等舱；二是能拥有一个完全属于自己的卧铺车厢。在新德里火车站，这两个愿望同时得以实现。

"首都"特快始于1969年3月1日，连接首都新德里与其他重要省会城

在印度的世俗生活层面，种姓制度
仍然具有强大的影响力

市。它是印度运行速度最快、条件最好的列车，票价也是普通特快列车的2
到3倍。因此也就排除了一般印度百姓乘坐的可能性。它的主要目标群体是
政府工作人员和商人。

我手上的车票赫然写着"首都"特快：新德里—孟买。一上车，乘务
员就告诉我，在凌晨4点到达古吉拉特的巴罗达之前，我将是这间包厢的唯
一乘客。如果我愿意，他说，我可以换到已经有人的包厢去，这样晚上睡
觉就不会被后来上车的乘客吵醒了。

"这对我来说不是问题。"我说——的确发自内心——更确切地说是
满怀喜悦。在印度，还有什么比在一等舱里拥有12小时的独处更让人高兴
的呢？

列车刚开动，我就听到了敲门声。打开门，只听一身西装、打着领结
的服务员说："我们很荣幸与您共同完成这段旅程。"然后，他躬身献上
了一朵娇艳的红玫瑰。"坐一等舱的乐趣远胜过到达目的地的乐趣。"美
国作家保罗·索鲁这么说。但我想不到的是"首都"特快的一等舱竟是如
此"浪漫"——我有生以来第一次接下男人献上的玫瑰。

列车一头扎进拉贾斯坦棕色、干燥、块状的山丘。在夕阳下，在一
片片田地间，穿着鲜艳纱丽的女人头顶储水罐子，步态旖旎地回家。孩子
们沿着铁路奔跑。远处是袅袅升起的炊烟。印度像一本书，一页一页地翻
开，只因我花了相当于400多元人民币的车费，我就可以坐在远离尘嚣和酷
热的空调舱里观看这一切。服务员搬出小桌子，送上下午茶，有红茶、咖
喱角、巧克力、三明治、杏仁和甜品。还有一份《印度时报》，里面大谈
日本核泄漏事故的近况。

火车经过一个又一个小站，多数车站除了地名之外便一无所有。一
个简易的字幕灯写着"巴亚纳"，可巴亚纳在哪里却不见踪迹。周围越来
越暗，我抬起头，看到了来印度以后的第一朵积雨云。大片灰白色的云，
带着黑色边缘，堆积在天际。我经过的地方显然刚下过雨，到处是泥泞的
积水，泛着棕黄色的水泡。但直等到了科塔，"首都"特快才真的置身云
下。天空亮起一道道闪电，像有人不断划着火柴。雨斜劈在窗户上，外面
是一片窒息的空旷。科塔是一座工业城市，附近有一座核电站，据说核电
站的辐射量常年高于安全水平。看着桌上《印度时报》对日本核泄漏的报
道，我感到这正是所有转型国家的通病：对遥远的事物津津乐道，对近在
咫尺的东西却视而不见。

列车终于冲出了雨区，天空霎时开阔起来，铅铸般的星星钉锤着列车的铁皮。晚餐已经备好：欧陆烤鸡、沙拉、米饭和冰激凌。这之后，列车将进入古吉拉特邦的地界。

这里是甘地的故乡，也是种族冲突最严重的地区。2002年，一列载有激进印度教徒的火车在古吉拉特邦的戈特拉附近遭到袭击。事件的起因至今仍有争议，但其结果是包括妇女儿童在内的50多名印度教徒在车厢里被活活烧死。短暂的平静后，针对该邦穆斯林的系统屠杀开始了。时任古吉拉特邦最高行政长官的纳拉德拉·莫迪成为这场屠杀的帮凶。依靠选民登记等官方记录，暴徒找出了伊斯兰教徒的家和店铺，报复行动由此展开。两千多名穆斯林被印度教徒杀害。人权观察组织在一份调查中披露，被一群暴徒疯狂追杀的伊斯兰教徒跪地求救，一名警察挖苦道："我们没有接到救你的命令。"事件发生后，没有一名责任人受到惩罚，莫迪受到在古吉拉特邦占人口多数的印度教徒拥护，在选举中以压倒性优势当选连任。

2007年印度导演拉利特·瓦切尼拍摄了《寻找甘地》的纪录片。在古吉拉特邦，他重走甘地1930年为抗议英国人征盐税而进行的"食盐长征"的路线。他发现社会阶级不平等、偏执和暴力等问题，仍困扰着这片土地。

"甘地在人们的记忆中已经渐渐淡去，"瓦切尼说，"他仅有的存在似乎就是印在每一张印度卢比上的笑容。"

根据我手上的列车时刻表，"首都"特快在进入古吉拉特邦时就已经晚点1小时，可第二天一早，它却正点抵达孟买车站——真正的"印度奇迹"。正是在这里，初来印度的奈保尔惶恐万分，感到自己随时可能被印度的人潮淹没。

我并没有觉得特别震惊——有了之前的经历打底，孟买的混乱简直可以看成是井然有序的变体。它有点像上海——这也是孟买商界领袖们的设想：让孟买成为上海一样的城市。他们希望把孟买打造成世界金融中心，与新加坡抗衡。

2003年，麦肯锡公司和名为"孟买第一"的商业团体合作完成了一份报告，阐明了这一目标。报告题为《展望2020》，大致论述了如何通过基础设施改造、服务私营化以及贫民窟清理，实现孟买的目标。印度总理辛格对这个构想表示了支持，他说，把孟买改造成像上海一样的城市是他的梦想。

"在私下交往中，我曾听许多金融界人士兴奋地谈起孟买如何可以成为全天候金融交易系统中的重要一环。在这个系统中，交易可以畅通无阻地从纽约转至伦敦、孟买、东京，再转回纽约。"印度问题专家米拉·坎达如此说，但她也承认，"这些人眼中的孟买，与大多数人生活居住的孟买没有多少关系。"

这也是我在孟买的最大感触：一个心比天高却极度分裂的城市。正如印度诗人尼辛·艾策克耶（Nissim Ezekiel）在一首诗中写的：

歌唱和感觉都不适宜，

这座绽放在贫民窟

和摩天大楼间的岛屿，它同时

精确地反映着我的思想历程。

我来就是为了寻找理解它的路径。

——《岛》

"孟买发展很快，几乎每星期都有一座新楼拔地而起，"在"首都"特快上，巴罗达上来的孟买商人第二天一早对我说，"你应该去看看克拉巴和马拉巴尔山的住宅区。"

但我已经有了自己的路线。在孟买的生命线——西站和中央车站延伸出去的两条铁路干线之间，坐落着一个叫"达拉维"的地方。

"这是亚洲最大的贫民窟，"出租车司机对我说。他刚把车停到达拉维的边缘，一片规模巨大的贫民窟已经展现在我的面前。

在很多西方人眼中，达拉维就是绝望的同义词：在污染严重的米提河（Mithi River）畔535英亩（不到5个天安门广场）的土地上挤了100万人口。在那里，每1500人拥有一间公共厕所——这个数字让人联想到的是清晨一长串人跺脚等待的场景。

达拉维之所以获得关注，是因为改造达拉维的项目已成为孟买重塑形象工程中的一部分，这个总价25亿美元的招标项目吸引了世界各地的建筑及城市开发公司。印度业界巨头和来自韩国、迪拜的企业都想分得一杯羹。看到中国深圳和苏州等地的经济开发区成功吸引了外资，促进了经济发展，印度深受鼓舞。届时，达拉维也将规划出一块经济开发区。

实际上，2005年，印度总理辛格就宣布启动"尼赫鲁全国城市改造行动"，承诺国家将拨款280亿美元，大规模修整印度的63座城市。

"印度的未来与这项空前举措的成败息息相关。"米拉·坎达说，

"城市运转不灵，印度跻身发达国家行列，与中国、欧洲或美国比肩的梦想就难以实现。"

可是，当我来到达拉维，却没有发现任何改造工程的迹象。火车沿线的入口处，用废铁皮、木板搭成的棚屋上，俏皮地写着一个巨大的彩色单词：欢迎。可达拉维在欢迎谁呢？

不管怎么说，这是我所知的最友好、安全的贫民窟。后来，我曾和一个来自阿根廷贫民窟的背包客谈及此事。他告诉我，在他长大的贫民窟有一句俗语："进去，如果你想；出来，如果你能。"

"人们会把你身上所有好的东西抢走。"他欢快地说，一边用吸管喝着可乐。他从地球一端的贫民窟到另一端的贫民窟已经7年。他姐姐在老家开了一家杂货铺，不时收到他寄回去的印度地毯和围巾，所得的收入又够他在印度继续优哉游哉地生活。

"我从不攒钱，"他懒洋洋地告诉我，"钱去钱来，我还是我。"

但在达拉维，人们却不能这么洒脱地生活。穿过那些幽暗的小巷，我的头顶上布满了黑压压的电线，即使是白天也看不到一点阳光。干净的饮用水依然是奢求，很多户居民不得不共用一个水龙头，为水引发的争执时有发生。在狭窄的小巷里，我看到成群光脚的小孩，他们的无忧无虑，让我既安慰又悲伤；在稍显宽敞的干道上，到处是流动的人群。我不知道他们要去哪里，可每个人都显得目的明确——除了我，看不到一个闲逛的人。

"这里叫什么？"我问一个卖木瓜的小贩。

"马腾加。"

"不是达拉维吗？"

"马腾加。"

在外人看来，达拉维是一个怪兽般的整体，整个区域都被称作达拉维。但在本地人眼中，达拉维则是由无数聚居地组成。我后来才知道，马腾加区域的居民全部都是哈里亚纳邦的低种姓达利特，他们50多年前就开始在此地定居，其中绝大部分人在孟买从事清洁工行业。

马腾加的场景就像他们远在哈里亚纳的村庄：女人裹着头巾，在露天生火做饭，男人吸着水烟，一只瘦弱的山羊被铁丝拴在电线杆上，拼命够着一根墙上伸出来的枝杈。和中国的农民工类似，他们来到孟买也是生活所迫——经济的失衡和严重的环境污染，早已把他们的家乡摧毁。在孟买，在达拉维，他们希望能以一个群体的力量生存下来。这就是为什么他

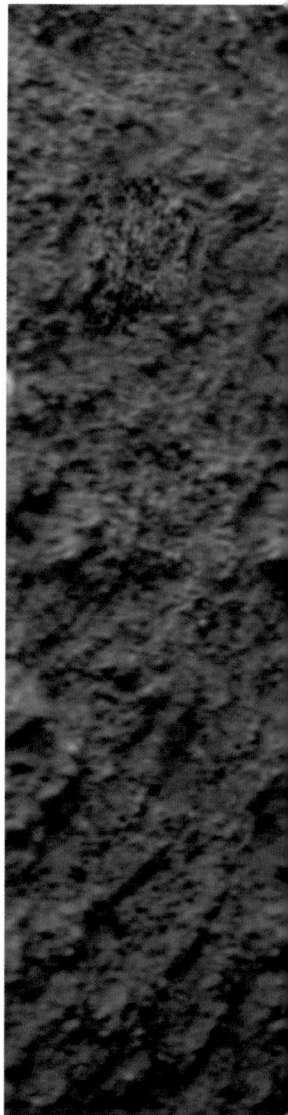

亚洲最大的贫民窟就在孟买，不到五个天
安门广场的土地上挤满了100万人口

们只接纳同样来自哈里亚纳邦的人，这里的一切工作机会都不会流入外乡人手中。

马腾加并非特例。整个达拉维都被种姓、宗教和地域分割成一小块一小块的区域。从一个区域到另一个区域，穿越的不仅是一座贫民窟，而是整个印度社会的樊篱。

每个区域从事的工种也各不相同：有的生产皮具，有的制作陶器，有的生产甜点，有的回收塑料，有的打磨首饰。它们无一例外都是低成本、低技术含量的小作坊，但却能自给自足，甚至成为孟买经济的重要推动力。

"泰姬陵酒店卖的甜点就是我们这里生产的。"在一个甜点加工厂门口，工人哈吉对我说。这时，我已经快被整条街浓郁的酥油味窒息了。

哈吉来自北方邦，和五个小伙子一起住在工厂对面。他说他只负责生产自己家乡的甜点"咖喱角"。"我们厂还有人来自旁遮普和西孟加拉，"哈吉说，"他们也各自生产各自家乡的特产。"

三年前，哈吉来到达拉维，他的几个亲戚已经先到一步，哈吉在引荐下得以进入甜点厂。如今，他感觉自己已在达拉维立住了脚跟。

"我喜欢达拉维，有吃的，有住的，"他对我说，"在我们老家，很多人都在乞讨，我的生活比他们强。"

哈吉的知足常乐，就像是一声印度智慧的千古回音。"做你份内的事，即使你的工作低贱；不做别人份内的事，即使别人的工作高尚。"在《薄伽梵歌》里，哈吉的祖先就这么说了。

但无论如何，改造达拉维的阴影依然在这片贫民窟上空挥之不去。随着孟买的发展，达拉维的地价也在攀升。这里迟早会被铲平，为富人盖起一座座昂贵的住宅。

所有改造计划似乎都忽视了一个事实：达拉维有成千上万像哈吉这样的年轻人。他们之所以住在达拉维，是因为他们能在这里找到工作。

D.T.约瑟夫认为，没有把就业看作至关重要的一环，是孟买城市规划的一大缺陷。他同时认为，这并不仅是孟买一个城市的问题，而是整个印度仍然囿于英国殖民时期的窠臼。

"你规划绿地、学校、医院，却不考虑穷人的就业问题。"这位从事城市规划多年的老人对媒体说，"如果为了城市发展而清除穷人的就业资源，实际上就是剥夺了他们在城市生存的权利。城市被区隔成富人区和贫民窟，只有富人能享受到城市的便利，而穷人被遗忘在角落，任由他们苦苦挣扎。"

我住的旅馆离"印度门"不远。这是英国人留下的建筑，纪念乔治五世于1911年莅临印度。和大吉岭—喜马拉雅铁路一样，"印度门"和大英帝国的关联如今已成为浪漫情调的一部分。为它增色的是那些住在充满殖民风情的拱廊下的人们。这中间，最穷苦的是科利人。他们是孟买的土著，早在孟买还是小渔村时，他们就在这里繁衍生息。如今，他们房子的破败程度丝毫不逊于达拉维，而不远处就是孟买豪华的富人区。还有形形色色的马路寄居者。他们在孟买做着各式各样的工作，但却住在街上。

从达拉维回来的晚上，我在古堡区（Fort）的街上散步。整座城市已经从白日的狂乱中冷静下来。我绕过那些睡在街边的人们，那些黑瘦的男人，那些挺着肚子的孩子，那些穿着纱丽的女人，她们手上的镯子在街灯下闪着混沌的光芒。一种熟悉的抑郁感降临到我身上，就像那些漫长的午后，我坐在火车上穿越贫瘠、荒芜的土地。我感到，如果没有看到这样的景象——这无边的、永恒的悲凉——我就会对印度一无所知。

一个马路寄居者模样的人朝我走过来。我知道他想干什么，于是转身往回走。他的同伴从另一个方向包抄过来。

"大麻？"

"不要。"

"女孩？"

"……"

"男孩？"

我朝他甩了下手。他耸了耸肩膀，嘟囔着"生活总得有点乐子吧"，消失在夜色中。

这或许是旅行最好的部分——遇到各种各样的人。毫无疑问，我在印度碰到的多数人都是这种在贫穷、生存与道德的边界徘徊不定的人。在生命的某个时刻，我们相遇，然后擦肩而过，走向各自的终点，不会再有交集。

我想起一位印度教徒对我说的："生命是一场幻觉。"这让我最终停止对未来或往事的忧虑。聚会是为了告别，到达是为了启程。第二天，我将离开印度。此刻，我站在街上，看着整座城市渐渐睡去。

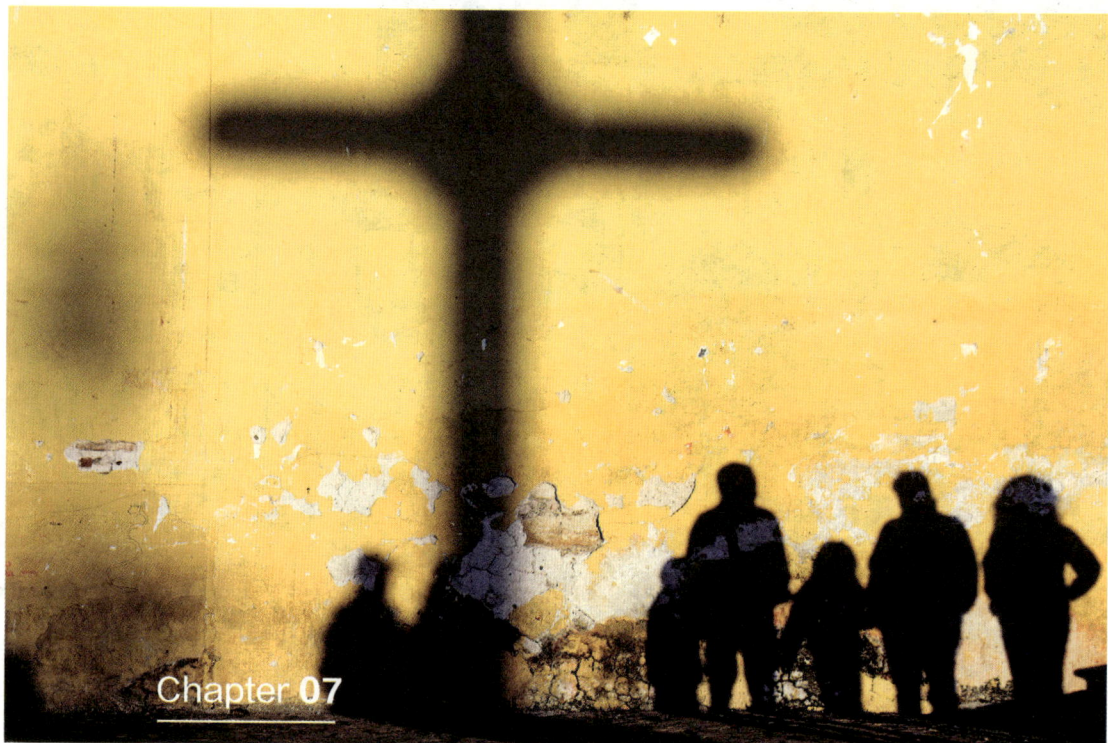

Chapter 07

MEXICO

文 _ 骆仪

墨西哥
五个太阳

———————

在墨西哥人的神话中，有五个太阳：

第一个是水的太阳，是溺水而亡的。

第二个叫土的太阳，被一个无光的长夜如猛兽一般一口吞没。

第三个叫火的太阳，是被一场火焰之雨摧毁的。

第四个是风的太阳，被一阵狂风卷走。

第五个太阳就是我们的太阳，

我们在它的照耀下生活，而它终有一天也要消失，

要被吞没，就像被水、土、火、或风吞没一样，

它会被另一种可怕的物质——运动吞没。

在墨西哥的28天里，几乎每日艳阳高照。这个国度有的是色彩浓烈的小城，明媚悠长的海岸线，扫尽旅人内心阴霾，却又让你时时处处直面死亡。沿途收集快乐的骷髅头纪念品，爬上金字塔，钻入丛林废墟，潜入玛雅水井寻找羽蛇神，喝烈酒，欢歌起舞。两千年前的神，四百年前的圣处女，21世纪的巫医，在墨西哥的旅行是时间的旅行，太阳的旅行。

神·特奥蒂瓦坎

墨西哥城郊外，特奥蒂瓦坎金字塔边上的饭店，笔法幼稚的仿印第安壁画，几个戴着大羽毛头饰的演员冲进来表演歌舞，讨小费——著名历史古迹景点的"标配"。我喝着一碗餐前汤，汤里有酸酸的番茄、软软的芝士、一些吃起来像芥菜茎一样的蔬菜和少许米饭，很是可口。尽管菜单上的西班牙文只看得懂5%，我还是记住了汤的名字——阿兹特克汤，那"蔬菜"是仙人掌。

约七百年前，一支印第安人从北方迁徙来到墨西哥中部的特斯科科湖，看到湖中央的岛屿上，一只叼着蛇的老鹰停歇在仙人掌上——找到了！羽蛇神说过，见到此幅景象就停下来，造房子定居，会过上好日子的。阿兹特克人造了一座大城市，人口多达20万，繁荣强盛，直到1519年西班牙人征服阿兹特克，毁灭几乎整座城市后建起墨西哥城。

在墨西哥的历史上，有不少全城覆灭或整个文明消失的故事，谜团重重。阿兹特克人以特奥蒂瓦坎文明的继承者自居，但实际上，他们来到这片高原谷地时，特奥蒂瓦坎只余空城，没有留下一丝半点文字记录。后人只能从阿兹特克人对"祖先"的记载中推测，特奥蒂瓦坎文明大约存在于公元前200年到公元750年之间，是美洲大陆上最古老的文明之一。

这一天，我站在特奥蒂瓦坎太阳金字塔顶端，左前方是月亮金字塔，脚下是笔直的亡灵大道和广袤的平原。太阳金字塔基座为225米×222米，接近正方形，高64米，为世界第三大金字塔。古城布局严整，以亡灵大道为中轴线，朝向北偏东15.5度。1974年，考古学家发现，亡灵大道上那些遗址的距离与太阳系行星轨道的距离比例惊人吻合，而我们现在已知的人类发现天王星、海王星和冥王星分别是在1781年、1845年、1930年！特奥蒂瓦坎人在两千年前就拥有了惊人的天文、数学和建筑知识，靠种植玉米养活全城人之余，还有闲暇仰望星空，祭祀先人和鬼神，雕刻作画。可

一边是绿松石般通透的加勒比海，一边是茂密的雨林和千年玛雅古迹，这样的奇观只有在图卢姆能看到

惜，这群远古天才偏科严重，从来没想过拿起刻刀或鹅毛笔，怀古感今，吟诗作词，好给试图破译其文明的后人留下一点文字线索。

看着眼前的景象，我想象着公元10世纪阿兹特克人初见特奥蒂瓦坎时的模样。一座规模令人惊叹的废城，尽管杂草丛生，石头坍塌，人去楼空，还是能想象其建造者的伟大。他们认为，只有神才能建造如此雄伟的城市，将其命名为"众神造人之地"，诸神就在这里升起了第五个太阳，而那笔直大道两边的或许是陵墓。后来考古学家认定，那些是举行祭祀的平台，平台上方曾建有神庙，大道和月亮金字塔前的广场就相当于长安街和天安门广场，是平民集会之所，但亡灵大道的名字还是沿用了下来。

柬埔寨吴哥是献给佛陀的城市，而顶峰时期的特奥蒂瓦坎曾居住着近20万人。那么多人怎么就消失得无影无踪了呢？是遇上了瘟疫？天灾？还是集体迁走了？特奥蒂瓦坎的历史仍然如丛林里的迷雾，有待学者探索。平民的居所皆由茅草搭建，早已无迹可寻，向导带我走到一排石头房屋外，告诉我那是祭司的居所，墙脚一排红色颜料画成的壁画仍隐约可见。

坎昆：生长着的水下兵马俑

两千年风吹雨打，依然屹立的是金字塔和祭台，古印第安祭司沿陡峭台阶爬上金字塔顶端，召唤神灵。古城里的石建材料大多为火山岩，当时远处一座火山喷发，附近的居民逃亡到此，材料、人力、信仰齐备，金字塔拔地而起。人们建造金字塔，驱动力是劳动报酬还是接近神灵的希望？在特奥蒂瓦坎人心中，神灵的分量应该远比自己重要，才会把神的居所建造得比自己的居所宏伟、耐用得多吧。

神有了房子，还需要什么？祭品。考古学家在羽蛇神庙地下发现了许多人类骸骨，骷髅骨架呈双膝下跪、两手被捆绑在背后的姿势，大部分是13～15岁的少年，还有下颌骨组成的大项圈。

下午三四点钟，太阳依然毒辣，棉花糖似的云朵从月亮金字塔后方的塞罗戈多山上飘过来，给站在太阳金字塔上的我投来些许阴凉。当年的印第安人也是这般看着天上的云，突发奇想——如果山能引来云，云的影子那么像长着鸟羽的蛇神，那我们建起一座像山一样高的金字塔，是不是就能请来羽蛇神呢？于是他们造了跟塞罗戈多山几乎等高的太阳金字塔，也真的唤来了神。每年5月18日和7月26日，太阳位于金字塔的正上方，耀眼的阳光幻化成背景，映衬得整座神庙熠熠生辉。

跟世界其他远古文明一样，特奥蒂瓦坎人是多神论的信徒。除了主宰晨星、死亡和重生的羽蛇神，风雨雷电、日月水火、玉米、土地都有一一对应的神灵。我走过遗址间的杂草地带——当年或许是平民处所，或许是一片玉米地，向导提醒我，不要踩着那些从泥里爬出来的红色巨蚁，因为特奥蒂瓦坎人相信，起初玉米种子归土地神掌管，幸得蚂蚁将种子偷出来，他们才得到赖以生存的粮食。

在许多建筑外墙都能看到雨神特拉洛克（Tlaloc）浮雕，突出的眼珠、夸张的耳环，那份质朴的美感让人过目难忘，也让后世不断模仿复制。在跟特奥蒂瓦坎遗址相对的郊外，画家迭戈·里维拉的女儿鲁特（Ruth）和两位建筑师胡安·奥戈尔曼（Juan O'Gorman）、埃里维托·帕赫尔松（Heriberto Pagelson）共同建起阿纳瓦卡依博物馆，以火山岩为建材，外形仿特奥蒂瓦坎的金字塔，雨神形象一再出现。博物馆收集了多达6万件画家的私人藏品，全部出自西班牙统治前的各地原住民之手，以石雕为主。以阿兹特克语"环绕水边的房子"命名的博物馆远不及迭戈和弗里达夫妇在墨西哥城中的故居"蓝房子"有名。站在光线阴暗，有些阴凉乃至阴森的金字塔内，仰望那些排山倒海的石雕，我得以明白，尽管西班牙人在三百年殖民期间屠尽识字的祭司和贵族、焚尽典籍，让墨西哥人说起西班牙语，信奉他们的天父，但古印第安文明从未在这片大陆消亡，它一直是当代艺术家的创作源泉。

瓦哈卡州欢快的骷髅模型

医·萨满教堂

"把你们的相机收起来吧。"站在查姆拉的圣胡安教堂边上，向导霍伊塞低声告诫我和摄影师。查姆拉人相信相机会"摄"走人的灵魂，所以教堂内严禁拍照。"那是骗人的！"向导霍伊塞严肃地说，"关于这个地方，书上写的很多东西都是错的！"

"村民们会在教堂里杀鸡祭神"，为着书上的这句话，我随霍伊塞来到玛雅佐齐尔人最大的聚居地圣胡安查姆拉（San Juan Chamula），拜访墨西哥仅存的萨满教堂。这个有着1/2萨波特克（瓦哈卡州印第安原住民）血统、1/4玛雅血统的男人，因为钟情恰帕斯州的玛雅原住民文化，二十年

前移居到恰帕斯的文化中心圣克里斯托瓦尔-德拉斯卡萨斯（San Cristóbal de las Casas），对周边的玛雅村庄了如指掌。

　　高原的夜凛冽刺骨，白天的阳光却照得人五体通泰。教堂前的广场是个极好的people watching地点：男人头戴白草帽、身披黑羊毛罩衫，女人裹黑羊毛长裙、腰束宽彩带、光脚蹬人字拖，还有那些扎白头巾、披彩色坎肩的男人——霍伊塞说是村里的执政长官，一张张酷似亚洲人的脸迎面而来，我终于找到了混血墨西哥最纯粹的玛雅村庄。

　　教堂立面是典型的巴洛克风格，但乳白墙面和果绿拱门却让它看起来像个大糖果，三层拱门上更镶嵌着棒棒糖一样的装饰物。广场中心的大十字架、广场边上的三个小十字架也都绿得十分可爱。绿色是环绕村庄的山林的颜色，生命的颜色，十字架却早在西班牙传教士踏上美洲大陆之前就存在了。古代玛雅人对时间和空间的概念都是四——陆地有东、南、西、北四方，一年有春、夏、秋、冬四季，一天有日出、正午、日落、子夜四时，于是造了有四个方向的十字架来代表他们对生命和自然之神的原始崇

弗里达的家庭相册

圣克里斯托瓦尔，一个男人在瓜达卢佩教堂里做祈祷

拜，以在胸前划十字进行祷告。当西班牙人来到时，玛雅人看到其十字架，以为是自己的神来了，就皈依了天主教。于是，如今的十字架底座还嵌着耶稣和圣母玛利亚画像，1522～1524——他们和西班牙人相遇的时间则写在教堂里面。"完全是巧合，"霍伊塞说。历史学家对文明更迭有着一套套的复杂理论，有果必有因，偶然下有必然。然而，或许历史有时只是巧合，由巧合决定，由巧合改变。

那群白衣长官聚在教堂外，传递鲜花束，喝过蔗糖酒，就此把下一年的执政权交给另一队人，如此每年轮替，确保公平。墨西哥政府给予一些原住民部落自治权，查姆拉就是其中之一，长官队伍身兼行政、法官、警察多重角色，外部的警察和军队都不允许进入村庄。我遵从霍伊塞警告，从远处按下快门，然后收起相机，踏着新鲜松针铺成的绿道，进入教堂。

松针的清香混合着蜡烛燃烧的油脂味，微弱的灯光混合着蜡烛闪烁的火光，没有长椅，人们跪坐在地，围着蜡烛低声祷告。"在点蜡烛的那位老妇就是一位萨满，那个抱着婴儿的年轻女人是来求医的。看见女人脚下袋子里装着的鸡了吗？"我们在角落坐下，霍伊塞开始悄声给我解说。萨满在地上安放了四排彩色蜡烛，一根根点燃，朝着祭坛方向念念有词，然后停下接了个电话。"你看，他们照样用手机相机，照样上网，别把查姆拉人想得那么愚昧落后！现在是21世纪！"霍伊塞说，所谓"相机摄人灵魂"，不过是查姆拉人烦透了祷告时频频被闪光灯打搅、被游客当动物园里的熊猫一样围观，因而编造出来的大谎话，竟十分奏效。查姆拉土地肥沃，光照充足，是恰帕斯州的重要蔬菜产地，村民生活颇为富足，虽然数百年来保留了萨满传统和自治制度，但并不与世隔绝。

"刚才医生跟神禀报了孩子的病情。"查姆拉人说自己的玛雅方言，霍伊塞跟他们交往多年，能听懂个大概。萨满就是玛雅人的医生，西班牙人入侵后杀死了绝大多数玛雅医生，令其草药方和玛雅医术几近失传，唯有那些隐姓埋名、不再行医的萨满得以保命。玛雅人相信，生病是因为身体里有了不干净的东西，所以他们求见萨满，通过祷告仪式去除污秽，涤荡灵魂。有时萨满会告诉病人，"我听到神对我说，你的灵魂已经洁净了，现在去医院治疗吧。"在我这个外人看来，这显然是萨满极其聪明的做法，既不破坏村民对自己的崇拜，又不耽误病人；但在玛雅人看来，医院只能治疗肉体的病痛，在此之前，必须先清洁灵魂。

"你相信玛雅医生吗？"我问霍伊塞。"相信，我祖母就是一位萨

墨西哥街头乐队

满，她传给我1/4的玛雅血统。"他回忆儿时肚子疼，祖母喂他吃草药熬的水，揉捏他的虎口，非常有效，如今他的儿子腹痛，他也是如法炮制。仿佛为了证明萨满的权威，霍伊塞给我讲了一段轶事：当年曾有一位患了艾滋病的NBA球星来到查姆拉求医，花了重金，村里最有名的那位萨满破例接待了他。球星后来是否康复不得而知，但此后名医发誓不再给任何没有玛雅血统的外人看病。"如果有萨满跟你说他能接收游客病人，给点钱就行，不要信，这种不遵守传统的萨满都不是好医生，纯粹是演戏给你看。"

终于轮到鸡出场。萨满一把拽过被捆着脚的鸡，在蜡烛上方转几圈，又拎到生病的婴儿身边来回晃动，这样，鸡把火的能量传到病人身上，同时吸收了病人的污秽。萨满收回完成使命的鸡，左手把它摁在大腿上，右手用力掰断鸡脚，又拧断其脖子。如此"戴罪之鸡"是不能吃的，待会儿病人家属会将其烧死掩埋。

随后，萨满打开一瓶可乐，同样在蜡烛上面转圈，喝上一大口，响亮

哈斯利科州，龙舌兰特快之旅的舞蹈团在给观众表演歌舞

地打了个嗝，再递给病人家属喝，这可是圣水。从前，萨满在家自己炮制圣水——树叶和一些仅有萨满知道的秘方，加水密封存放两周，圣水发酵产生气体，喝了之后打嗝，能把身体里不好的东西带走，焕发新生。直到几十年前，查姆拉的萨满喝到可口可乐，发现这种饮料跟圣水有着同样作用（而且很可能比圣水更可口），于是可乐就成了新的圣水。

放眼望去，教堂里有十多位玛雅医生，各自被病人包围着，不断有人把旧松针扫掉，冲洗地上的蜡烛残余，运进新鲜松针。跟其他天主教堂一样，教堂两侧的玻璃柜子里陈列着木雕圣人像，教堂中央的台子上摆着几束鲜花。虽然看起来是一座天主教堂，但牧师只有周日才能进来这里做礼拜，把祭台上的鲜花带去墓地，周一至周六则是萨满"诊所"，基督教和玛雅原始宗教以奇特的方式和谐共处。

圣胡安教堂何以成为全国绝无仅有的萨满教堂？似乎也是一场巧合。约二百年前，查姆拉地区发起了一场叛乱，罗马教廷切断与该地区的联系，不再派牧师过来，一直韬光养晦、卧薪尝胆的玛雅医生趁机填补了这

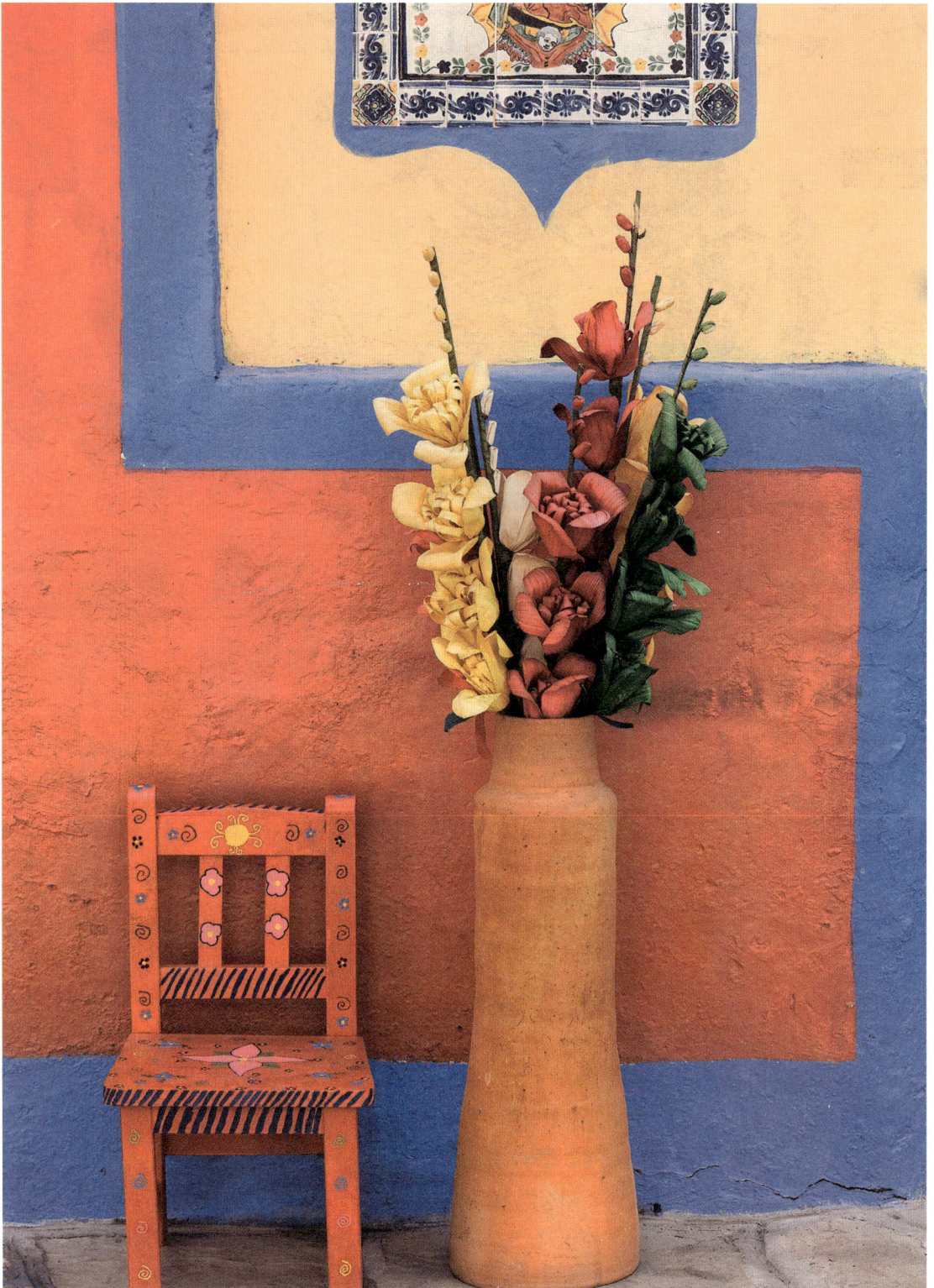

个宗教空白，重新成为查姆拉人的精神导师。直到上世纪60年代，罗马教廷开始了与查姆拉人长达四十年的谈判，最终同意在教堂内保留所有萨满活动，且将其定义为"农业仪式"，但圣克里斯托瓦尔周边的其他天主教堂仍不允许萨满进入。

从教堂里出来，空荡的广场反射着正午金灿灿的阳光，我眯起了眼，仿佛刚从一场远古的梦境中醒来。一群男人在广场一角奏乐打鼓跳起舞，却不是什么祈祷仪式，只是在开party，摄影师过去拍照，被一把拉进舞蹈的圈子。我则被几个小孩缠着买他们编织的手链。查姆拉名声在外，难免有些村民指望靠游客吃饭，然而，古老的传统与信仰既能逃过殖民者的杀戮，商业浪潮的侵袭也不过是等闲小事吧。

人·帕伦克

"三千年前，有一男一女，他们相爱了，结婚生子，孩子又生了孙……"中美洲的印第安文明史，霍伊塞从头说起，滔滔不绝，摄影师在摇晃的车上睡了过去，让认真讲课的向导有些不悦。"所以特奥蒂瓦坎人、萨波特克人、玛雅人有着同一个祖先'伏羲和女娲'，都是墨西哥古印第安人的分支。"霍伊塞讲完，摄影师适时醒来，我告之以一句话总结，车停在了帕伦克考古遗址外。

茂密丛林间散落着多座阶梯式建筑，帕伦克没有特奥蒂瓦坎那般齐整大气的布局和宏伟的金字塔，却更亲近可感，我得以从陵墓、宫殿、足球场、厨房等建筑中一点点拼凑起帕伦克人的日常生活场景。

帕伦克是玛雅西部地区最大的城邦，由巴加尔二世建造，也是这位一代霸主的长眠之地，如今发掘出的古迹仅仅是其实际面积的5%。巴加尔大帝在位长达68年，带领他的王国走向鼎盛。1949年，墨西哥考古学家阿尔贝托·鲁兹发现通向神庙之下大帝陵墓的阶梯，这个当时古代美洲保存最完整、出土文物最丰富的墓葬区使得帕伦克名声大噪。

位于古城中心的宫殿由若干相邻建筑物和庭院组成，在四百年间陆续建成，不仅是国王的住所，也是贵族的行政机构。宫殿建筑很有特色，双层的人字型屋顶，形成高挑的天花板和狭长的走廊，十分通风凉快。宫殿里有许多浴池和桑拿屋，一条加盖拱顶的水渠把Otulum河引进宫殿广场地下，为宫殿错综复杂的供水系统提供干净的淡水。厨房里有明火炉灶和焖食物的"烤箱",如今长出一棵高大翠绿的海芋。长方形的足球场环绕着露天阶梯座位,座位区最上方带有屋顶的小房间显然是VIP包厢。球场围栏有多幅雕刻在石板上的画,画中人双膝下跪,表明足球选手的俘虏身份。

"当年帕伦克人生活得蛮滋润!"我感叹道。"你猜猜这是什么?"霍伊塞指着地上一块突起的大石头问我。石头约高出地面30厘米,边缘挖出一个半圆形空洞。"厕所?""没错,还是坐厕!"霍伊塞蹲坐在石头上,"高度刚刚好"。在特奥蒂瓦坎,我无从想象人们的日常生活,他们杀战俘、祭神、建金字塔献给神,帕伦克却是人的城邦。宫殿附近还有个外国使馆区,作为同时代最兴盛的玛雅城邦,曾吸引到远在墨西哥高原的特奥蒂瓦坎人派驻使节。

公元800年后,古城没有再大兴土木,居民相继离开,森林逐渐成为帕伦克的主人,直到1520年左右西班牙人到来。帕伦克何以被遗弃仍是不解之谜。霍伊塞指着一堵墙,墙面的石砖呈现出两种不同的颜色,"看,这里原本是一道门,被封上了。""为什么把门封上呢?"我问。"如果发生火灾地震,或者敌军屠城,你狼狈逃生,还有功夫锁门吗?"霍伊塞说:"想想看,你要出个远门,离家前拉下电闸,清空冰箱,锁好门窗——他们不是仓皇弃城逃跑,是有计划的撤离,他们还要回来。"然而,他们再也没回来。

母·瓜达卢佩

朝阳透过彩绘玻璃洒在这群少男少女头上,照亮他们头巾上的玫瑰花,那是贞洁圣母瓜达卢佩的象征。爬了上百级台阶,我来到位于山顶的圣母堂。

乐队站在教堂中央演奏,少年们坐在长凳上俯首祷告,白发老妇在胸前划十字。乐队包括三个小提琴手、两个小号手、一个墨西哥吉他手、一个维卫拉(5弦的高音域吉他)琴手和一个吉塔龙(低音吉他)琴手,乐器编制和服饰都源自北部瓜达拉哈拉的墨西哥街头(Mariachi)乐队。但后者乐曲大多欢快激昂,献给圣母的歌曲更加柔和悦耳,伴着少年们的合唱,回环反复,比尖耸向上的穹顶更有感召力,我也沉浸其中,涤荡身心。圣母堂位于克里斯托瓦尔全城最高处,台阶下,一条笔直的大道延伸到远方,象征着瓜达卢佩圣母的白、绿、红三色彩旗挂满天空。

瓦哈卡州瓦乌特拉德希门尼斯，只会说马萨特克语的56岁萨满在自己家里医治一名不愿透露身份的年轻女子

12月12日瓜达卢佩圣母节（The Day of Our Lady Guadalupe）近了，我在墨西哥各地一再邂逅前往当地圣母堂朝圣的信徒，他们穿着印有圣母像的白色坎肩，骑车或徒步鱼贯而行，不搭飞机不开车，仅使用公共交通工具和自己的双脚。令我惊讶的是，跟克里斯托瓦尔圣母堂里的信徒一样，朝圣队伍的主力大多是少年。"我是天主教徒出生，但我现在不再信教了"，"我父母是虔诚的穆斯林，我不相信任何神"，我曾经听到很多国家的年轻人这么对我说，而在墨西哥，对瓜达卢佩圣母的信奉历经四百余年，仍然有旺盛的生命力，年轻一代没有在全球化浪潮中抛弃自己的信仰。"超过两个世纪的实验证明，墨西哥人只相信瓜达卢佩圣母和国家彩票。"墨西哥诺贝尔文学奖得主奥克塔维奥·帕斯曾在文章里写道。

最虔诚的信徒，会长途跋涉到墨西哥城北部的特佩亚克山，那是圣母显现神迹之所。1539年12月9日清晨，印第安农民胡安·迭戈在山上遇见一位年轻女孩。女孩说阿兹特克语，叫胡安为她在此地建一座教堂，胡安当即认出女孩就是圣母玛利亚。他跑到墨西哥城的西班牙主教那里报告此奇遇，主教断然不信。"你跟她讨个能证明身份的神迹。"胡安得到了三个神迹：圣母先治好了胡安神父的病，然后让他去山顶采摘鲜花。尽管是隆冬季节，山上光秃秃的，胡安却采到了墨西哥本土没有的卡斯蒂利亚玫瑰。三天后，他用自己的长围裙兜满玫瑰去见主教。胡安在主教面前打开围裙，玫瑰花如瀑布倾泄，露出印在围裙上的圣母画像。于是，山上建起了教堂，供奉圣母雕像和胡安的围裙，12月12日被定为瓜达卢佩圣母节。

第一次到特佩亚克山时，教堂还没开门，信徒跪在门外匍匐祷告。"你相信这个故事吗？"我问大学历史教师克里斯特。"当时西班牙已征服墨西哥18年，天主教在当地的传播仍阻力重重，圣母显现后的几年里，皈依的印第安人暴增，基督福音终得以融入墨西哥本土文化。"克里斯特没有正面回答我的问题。胡安在2002年被奉为圣徒，如今山上献给圣母的教堂有五座，瓜达卢佩已成为全墨西哥乃至拉丁美洲最重要的神，12月12日圣母节是全球规模最大的宗教节日之一。"到了那天，山下这条'长安街'会挤满人，几十万、几百万朝圣者从全国各地涌来，整夜整夜唱歌祈祷……"克里斯特回忆起他中学时，全班同学彻夜徒步到教堂朝拜的情形。

从墨西哥高原到尤卡坦半岛兜了一圈后，我回到墨西哥城，赶赴12月12日子夜的朝拜盛会。还没到圣殿，我已经感受到圣母的威力：打了好多个电话才订到酒店，在机场排了一个多小时队才坐上出租车，城中处处交通管制。

一出地铁，我立即陷入朝圣者与圣歌的海洋。扛着花圈和圣母像，抱着孩子背着行囊，人们涌向山上圣殿，聆听主教宣讲，把鲜花献给圣母，唱歌奏乐为圣母祈福。教堂前的广场上黑压压睡满了人，他们裹着毯子，严冬寒风凛冽，但有圣母像摆在枕边，仿佛心中就温暖了，在被褥里露出笑脸，一遍遍起身挪窝给路人让道。一对少年在人海中艰难行进，男孩背着画有圣母像的木板，双膝跪地匍匐而行，女孩俯身搀扶着他。他们从远郊搭地铁来，男孩从地铁站外开始跪行，来到广场已直不起身子，不能言语。

远处燃起火光，升起浓烟，松脂燃烧的浓香顺风飘来。比起那些衣着朴素的农民信徒，这队穿着传统服装又透出艺术家范儿的老年人显得很突出，他们围成一圈，垒起行李，一遍遍点燃被风吹灭的蜡烛。伴着低音吉他和海螺，他们在歌唱中反复念着逝去亲人的名字，"东风，西风，南风，北风，你们都已历练，来生必将更胜此生……"

鬼·亚斯奇兰

小舟在乌苏马辛塔河上开了一个小时，两岸不见现代建筑，触目皆是望不透的雨林。乌苏马辛塔河是墨西哥和危地马拉之间的界河，霍伊塞告诉我，危地马拉难民，乃至中美洲和世界其他国家的非法移民都从这里偷渡到墨西哥，以图潜入美国。上世纪八九十年代，还有危地马拉游击队潜伏在森林里抗击政府，直到世纪末才达成停火协议。我的手机已自动接上了危地马拉服务商，为这趟旅程增添了些许边境探险的气氛。

在一个简陋的小码头边靠岸，我们进入墨西哥最隐秘的印第安古迹雅奇兰。攀爬着长满青苔的石阶，从盘根错节的大树下发现远古建筑的痕迹，罕见游人踪影。看过一座又一座古迹，勉力消化排山倒海的历史知识，只有这样的丛林探幽能让我免于审美疲劳。

站在高台上，阳光明媚，却听见野兽的阵阵低吼从雨林深处传来，让我心中一凛。"这是中美洲的猴子，听起来很像老虎或豹子咆哮吧？"霍伊塞笑道。"猴子？我从来没听过猴子会发出这种叫声！""那是你们亚洲的猴子，咱墨西哥丛林里的猴子就这么虚张声势。"顺着霍伊塞拐杖所指的方向，我仰头望见几只猴子在树枝间腾挪跳跃，抖落几片树叶。真是山中无老虎，猴子称大王！相比之下，修复整齐的帕伦克像个丛林边缘的公园，而特奥蒂瓦坎更接近于高原荒漠了。

亚斯奇兰比帕伦克晚出现五百多年，但兴盛期不相上下，两个城邦之间曾发生过几次战役。乌苏马辛塔河及其支流是古代玛雅城邦间的重要商路，沿河而居的亚斯奇兰人以经营水路商业为生，"说得好听是商人，说得直白些，就是河盗，靠抢劫过往商船发家。"霍伊塞说。

致富后的亚斯奇兰人向其敌人帕伦克学习，努力提高自己的文艺修养，在房子门楣、台阶、历法石和石碑上到处留下象形文字和图画雕刻，后人得以从中了解其历史——当然是美化洗白了的历史。其中最著名的是一系列描绘国王盾虎二世（Itzamnaaj B'alam）和王后进行血祭的门楣雕刻。国王在妻子头顶举着火把，跪坐着的王后以尖锐鱼骨为针穿过自己的舌头，拉扯着线，让鲜血滴落在篮子里的书上。王后的牺牲召唤出一条双头蛇，两只蛇嘴里分别冒出战士和特奥蒂瓦坎人信奉的雨神特拉洛克，以此纪念其丈夫登基。

眼看夕阳就要没入丛林之中，我们从一扇小侧门进入迷宫。长长的封闭走廊与阳光彻底隔绝，散发出阴冷潮湿的味道。这是全城最简陋的建筑，只有回环曲折、忽上忽下的走廊，和几张安放在拐角的长凳。关掉手电筒，我陷入无边的黑暗，摸索着墙壁小心翼翼地前行。时间仿佛停止了，连森林里的鸟鸣和猴吼都被阻挡在外。这是没有生命的世界，鬼魂主宰的世界。不知过了多久，才感觉到来自出口的新鲜空气和亮光。几百年前，亚斯奇兰的祭司就这样举着火把进入迷宫深处，熄灭火把，冥想，穿过迷宫回到阳间。走过阴曹地府之路，才拥有与神对话的资格。

我们该忠于谁？

忠于我们的西班牙父亲？

还是我们的阿兹特克和玛雅母亲？

我们现在该向谁祈祷？

旧的神，还是新的神？

我们现在该讲哪种语言？

被征服者的语言，还是征服者的语言？

在《墨西哥的五个太阳》里，卡洛斯·富恩特斯发出如此疑问。独立二百年，墨西哥人流着印第安人的血液，饮着阿兹特克人的汤，却仍供奉着西班牙人的神，说着殖民者的语言。尽管祖先遗留下种种谜团，但至少他们参透了死亡和末日，向死而生。第五个太阳终将毁灭，眼下有酒，有音乐，有信仰，膜拜的是土著的神，还是舶来的神，并不重要。

Chapter 08

MYANMAR

文 _ 杨潇

缅甸
过去与未来

离开曼德勒前一晚上，我又来到酒店附近那个熟悉的网吧，
这里网速很快，不但有中文输入法，甚至还有 QQ。上网
的除了三个西方游客，其他都是亚洲面孔，我偷看了他们
的屏幕，有几个人在用 Facebook，还有几个人在看爱情
动作片——在一个封闭已久的国度，我把这两者视作相互
关联、令人欣喜的事情。

他们出门来到耀眼而炽热的日光下，地表散出的热量就好像火炉的气息一样。绚烂夺目的花儿在骄阳的炙烤下，没有一片花瓣在动。刺眼的日光将疲倦渗入你的骨髓。这实在有些可怕——从缅甸和印度，一直到暹罗、柬埔寨、中国，炫目而湛蓝的天空上全都万里无云，想到这儿实在让人害怕。

季风突然间向西刮去，刚开始是狂风吹袭，而后便是大雨倾盆、下个不停，一切都湿透了，直到连你的衣服、床铺，甚至食物都没有干的。沉郁的丛林小路成了沼泽，而稻田则成了大片的微澜死水，赤条条的缅甸人头戴一码宽的棕榈叶斗笠，赶着水牛趟过齐膝深的水，开始耕犁。

随后的某一天夜里，你会听到高空中传来粗砺的鸟叫声，却看不到鸟儿。原来是来自中亚的鹬向南方飞过来了。这时的雨量开始减少，到10月份停止。田地干涸，稻谷成熟，缅甸孩子开始用贡因果的种子玩跳房，在凉风中放风筝。短暂的凉季来临了。

这是缅甸的一年三季，根据乔治·奥威尔的描述，10月份以后这个国家会进入一个相对"安全"的季节。我们恰巧11月初从昆明飞抵仰光，正赶上凉季开始，不过我想这"凉"指的大概是夜晚最低气温会降到20度左右，在白天，高温仍稳定在35度左右，对于一个"北方人"来说几乎就是热季：骄阳从无云的天空直射下来，激起地表滚滚热浪，还夹杂着浓重的柴油尾气，立刻治好了我在春城遭遇寒流染上的重感冒。

头几晚疯狂地做梦，醒来后觉得自己正从某片丛林里爬出来，身上缠着湿漉漉的植物根茎，我想这是中南半岛调皮的热带精灵在捣乱。也许我该和缅甸人一样，称它们为"纳特"（nat）。佛教要求个人的自我依恃，并不相信向哪一位神明可以要求恩惠，但在这个小乘佛教之国，人们也并未放弃对超自然力量的依赖，供奉"纳特"的小神龛在仰光街头很容易见到，特别是在一些被认为有神灵栖息的大树下。

是不是外来者都会受到它们的困扰呢？1852年，英国人占领了仰光。1885年，他们又占领了曼德勒，把缅甸纳入自己庞大的殖民版图。在缅甸中部曼德勒附近的山上，他们建起一座叫眉谬（Maymyo）的小城，用于度假消夏、饮酒行乐。那些远离故土的英国人，满心乡愁地"维持"自己的工作，又害怕着回去的那一天，就像《缅甸岁月》里的弗洛里："当年离家的时候尚是个男孩子，前途光明，相貌英俊，尽管脸上有块胎记；如今，仅仅过去十年，却已面黄肌瘦、酗酒成性，无论在习惯上还是外表上

茵莱湖的早晨

仰光大金塔前虔诚的佛教信徒

俨然是个中年人了……在异国他乡收入可怜地过上三十年，然后顶着个严重损坏的肝脏和成天坐藤椅坐出来的菠萝后背回国，在某个二流俱乐部讨人厌烦，了此一生。这样的买卖可真划不来。"

眉谬成了英国的幻象，也成了他们无法面对的故乡。"城里到处都是鬼魂。"一位从小在此长大的朋友告诉《在缅甸寻找奥威尔》的作者爱玛·拉金（Emma Larkin）。每天晚上9点，她都会听到屋外的水井里传来扑通一声，妈妈告诉她，那是多年前投井自尽的英国女人。

爱玛和她的朋友凯瑟琳还曾在眉谬遇到"活的鬼魂"——一位英印混血的老太太突然在大街上抓住凯瑟琳的胳膊："你是康妮吗？你长得可真像她……她是我的双胞胎姐姐，已经回英国了。如果你遇见她，请告诉她你们在这儿见到我了。"

老太太有一双褐黄色的眼睛，扎着松垮的圆发髻，皮肤因为日晒加深了褶皱，"他们都回英格兰了，以前这里东西便宜，生活很好，现在什么都很贵，太糟糕了。"她用标准的英格兰口音告诉爱玛，然后警惕地看了

月光下的仰光金塔

看周围，"不能说不好的东西，不然我们会被抓起来的！"

她们彼此告辞，老太太不甘心地最后问了一次："你真的不是康妮吗？"

多重仰光

仰光有一种不知今夕是何夕的美。总的来说它还算年轻，英国人当初到达时，它不过是个港口小城。自北往南注入安达曼海的仰光河在这里拐了个弯，变成东西走向。殖民者在河之北兴起了网格状排列的英式建筑，"他们规划得很好：英国舰船在仰光港停靠后，一下船就能看见邮电大楼，可以给家里人写信或者发电报，然后旁边就是各国银行，还有著名的Strand饭店。"当地华人老杨说。

天亮得早，被"纳特"们骚扰一夜后，我沿着那些网格迂回散步，回到生活中来。气温还没起来，燕子在低空叫闹，乌鸦则在电线上站成密密的一排；五六层的住户，家家窗口都放出一条长绳，绳头系着五颜六色的架子——这是他们的"升降货梯"。年轻人在路边仔细地将着新鲜的树叶,它们将被用来包裹槟榔——这就是缅甸男人"血盆大口"及路边斑斑"血迹"的由来。早市最是新鲜,有人在轻巧地削木瓜,有人狠狠刮着椰青,成筐的青柠看得叫人生津,鱼和花都多得惊人,巨大的鲶鱼和瘦小的剑鱼摆在一起,感觉河海颠倒了。妇女头顶花篮,那一大簇鲜花就浮动在攒动的人头之上,还有站在路口的姑娘,拿着茉莉花编制的花环,香气扑鼻,起初我以为缅甸人只是爱花而已,后来才知道他们买花是为了献佛。

仰光城内的瑞德贡金塔和司雷宝塔,也就是当地华人口中的大金塔和小金塔,分别有2500年和2200年的历史。大金塔传闻由保存有佛祖8根头发的商人两兄弟始建,历代翻修,终于达到今天110米的高度,成为仰光最高点。据说建塔用了不少于60吨的黄金,"比英格兰所有银行的金库加起来还要多。"殖民时代的缅甸人常常这么讲。

到仰光时,刚好赶上传统的直桑岱点灯节,按照习俗,点灯节前后3天要在佛塔等地点灯拜佛。大金塔下人山人海,前一天夜里举行织袈裟比赛的织车还没有撤掉,小孩子们钻来钻去,但大小佛像已经抖去了雨季的湿气,披上了"不馊袈裟"(意即新织成的袈裟)。天黑后所有的灯烛都亮了起来,空气中满是茉莉花、金盏花和蜡烛的香气。我去过几次西藏,在那里感受到的常是肃穆,但眼下的金碧辉煌简直让我目瞪口呆,第一次有机会想象佛教鼎盛时期的模样——它甚至为不可见之物也准备了修行的场所:一个朝向西南方向的小型宝塔,上面供奉着过去的巫师和精灵。

缅甸自有传统的罗衣,可是来到这里的人们并没有统一的穿着,他们向佛塔跪拜,让我想起在开罗解放广场朝向麦加跪拜的穆斯林白色海洋,两种感觉全然不同——后者很有力量,前者更像是喃喃自语。

离开佛塔,就立刻回到了短缺年代。路灯大都昏黄,还有很多地方连路灯都没有,商店早早关门,小贩的榨汁机在微弱的灯光下叮当作响。走在高低不平的人行道上,突然觉得自己走在小时候的某条路上,天空是纯粹的墨色,而不是像大城市那样泛着暗红;走夜路是安全的,而黑暗让你感觉有处可去——只要我们不想出来,大人就永远找不到我们。

这种熟悉的感觉在我后来看到僧人时得到了加强。早晨7点多钟,僧人们赤着脚、捧着钵从住处鱼贯而出,上街化缘,小沙弥们总跟在队伍最后面。有时候尼姑和小沙弥会齐声唱念,但和尚几乎从不说话。他们从狭窄的街道走过,在每家每户前稍作停留,主人便会主动送上早已准备好的米饭或者别的食物。据说，僧人只有不生产不举炊，不为明日食，不积薪粮，才能在求法的道路上少起世俗之感。当地人说，布施早已从僧侣扩展到了普通人，"在缅甸，一般是不会饿死人的。"这让我想起了自己的童年，每天吃饭时，外婆总要单独盛出一些饭菜，留给附近山上的和尚，或者是饿着肚子的流浪汉。

来缅甸之前，读了一些关于这个国家的文字，我觉得它们可以分成三类，构成你进入仰光的三种方式。

《一切都已破碎》（Everything is Broken），美国记者爱玛的另一部纪实作品，借用鲍勃·迪伦的歌名，讲述了2008年5月纳尔吉斯飓风横扫三角洲和仰光地区，夺命十余万，军政府却无所作为的骇人故事。我记得当时也有不少中国记者进入缅甸报道那次灾难，但一周以后，他们就不得不离开缅甸，赶往汶川。

在很多人眼中，风灾只是缅甸延续数十年的独裁悲剧的一部分，缅甸最受欢迎的喜剧演员Zagana的一则笑话流传了二十多年："如果缅甸人牙坏了，他们就得到国外去看大夫，不是因为缅甸没有好牙医，而是因为在缅甸，人们都不敢张嘴。"

好在"改革开放"已经开始，Zagana也于2011年10月被释放，不过眼线并未完全消失，在有军方背景的Central Hotel大堂（有趣的是，旧版《Lonely Planet 东南亚》把它归入"奢侈一把"之列），一个戴眼镜的矮个男人透过报纸打量着我和我的采访对象——一位曾是政治犯的学者，我们驾车逃离，一直逃到了仰光河南岸密密的平房区。这正是现在的仰光，光影交织——你看着街上的杂志海报，昂山素季头像旁印着大大的"future"（未来）……

关于仰光的另一种表达或许始自殖民地的白人老爷，也就是弗洛里那些不甘于上缅甸生活的同事们："每年还能匆匆去一趟仰光——借口是去看牙医。啊，那一次次仰光之行有多开心呀！冲进斯马特与姆克登书店去找从英国来的最新小说，到安德森去吃八千英里外冷藏运过来的牛排和黄油，还有兴高采烈的喝酒较量！"

受益于粮食和木材贸易，仰光在20世纪初迅速繁荣起来，1920年代晚期甚至超过纽约成为世界第一大移民港。和拥挤不堪的印度相比，这里人口密度低，生活水准较高，于是往来于加尔各答和仰光的汽船为缅甸带来了难以计数的印度廉价劳动力，一度令缅甸人成了少数族裔。而从悉尼飞

寺庙里虔诚的朝拜者

往伦敦，从雅加达飞往阿姆斯特丹的航班都选择经停仰光，更把它变成了一座真正的国际城市。

　　如今一切已成过往，人去楼空的高等法院、海关大楼、百货公司更像是主角散去后的电影布景，它们一共见证了三次遗弃：1940年代，英军撤退，把仰光让给日本侵略者；1962年，民主撤退，把仰光让给闭关锁国的军事强人奈温；2005年，连军政府也撤退了，他们相信，缅甸中部的彬马那不易受到外国攻击，更适合作为首都……印度人的后代倒还在街头，不过改做了货币兑换生意，有人还会说中文，"大哥，一个八百！"（指1美元换800基亚），汇率虽划算，但常常藏着玄机，不是给钱时抽走你一张，就是换钱时突然高喊"警察来了"作鸟兽散。

　　尽管失去了那么多，仰光却仍然令人尊敬——我很少见到一个城市有如此之多的旧书店和旧书摊。从昂山将军大街到被称作"路边大学"的Pansodan大街，你能淘到西方的经典小说、各种传记和游记，也能花100基亚（约合人民币8角）拿走一本TIME或NEWSWEEK的过刊。书店都很友好，有一次，一个书店伙计跑了一个多街区追上了我，只因为在我走后他们发现了我没有找到的那本书。我最喜欢的一家Bagan Bookstore创立于1976年，老主人六年前去世了，书店由他的儿子继续经营。除了旧书，他还翻印许多关于缅甸的文学和社科书籍，都是店主人在国外买了带回来的，重新装订后平价售卖。我问他有没有昂山素季的书，他领着我进了里屋，从里面翻出两本，一本是"Letters from Burma"（《缅甸来信》），一本是"Freedom from Fear"（《免于恐惧的自由》），"这些敏感的书让不让卖？"我又问。他的英语不够好，先是说政府不让，又说没问题，但最后一句我是听明白了，"Now，we're free!"

　　最多的文字还是来自旅行者的观察，他们不厌其烦地讲述缅甸人的友好、善良和易于满足——一点儿也不奇怪，你到了仰光，会发现这些全都写在他们的脸上，连追着你卖明信片的小孩子也懂得适可而止。"明天见！"他给我们一个台阶，也给自己一个台阶。我甚至觉得，除了涂在脸上防晒美容的"特纳卡"，神态安详是缅甸女人显得面部丰满的原因。

　　不难理解中国人尤其容易爱上仰光，这里的人民表情平静，走路慢悠悠的，物质需求不多，彼此很少恶言相向，还保有对自然和神灵的敬畏。"每个人都会取得他应得的。"在仰光郊区的一家禅修中心，一位僧人如是说。他在美国做酒店服务生，回到缅甸是为履行出家的义务。看起

Nyaung Shwe村，水上布满船只，行驶和停靠都需要技巧

来，这里简直包含了我们所有遗失的美好，和一位在缅多年的北京商人吃饭，他对缅甸人的淳朴和老实赞不绝口，"连犯错都让人觉得可爱"。仿佛为了证明这一点，服务生很快就把鱼错上成了猪排，而后愣在那里直挠脑袋。

然而我是个没劲的骑墙派，喜欢与世无争，但又觉得效率和自我提升的愿望也并非恶魔，且对肆无忌惮在乡民身上投射自己愿望的做法还抱有警惕。一位人类学家曾记述这样的震撼经验：在美洲印第安人工艺展上，展品中有一艘独木舟，解说写着"独木舟，与环境和谐共存、无污染"。旁边有一幅建造独木舟的照片，印第安人焚烧大片森林，以取得适合的木头，余者任其腐烂——"高贵的野蛮人"啊！

究竟哪种价值对缅甸人、对缅甸更好呢？我不知道，起码在仰光是如此。不过到了第二大城市曼德勒，我的纠结就消失了。

曼德勒混响

冷冰冰的机场，闲置的传送带，和一位当地华人拼车进城。他穿着Ferrari的上衣，戴着巨大的金手镯，一路上不停在用iPhone打电话，好容易停下来，他问我们的第一句话是："你们是做什么生意的？"

曼德勒的路况比仰光好，但行道树和灌木都是灰色的，建筑也没什么特色，那种破旧的两层楼最多，一楼挂着个商户的大牌子：某某餐馆，某某修车铺，某某手机店。唯一亮点是在路口碰到几辆给僧人送货的卡车，车载音乐震耳欲聋，几个棕色皮肤的小伙子在车顶摇摆起舞，瞬间感觉中东的年轻人穿越到了这里。不知不觉就进城了，满大街的摩托车，好像都在赶集，完全不让人，天牛一样飞过后留下一团浓浓的黑烟。曼德勒地处缅甸中部干燥的平原，没有海风吹拂，这些黑烟就凝固在空中，需要另一辆天牛才能把它撞碎——因为空气污染，后来我们登上曼德勒山山顶，不但没能远眺掸邦群山，连几千米外的伊洛瓦底江都看不清晰。

晚上出去找饭吃也是个悲剧。人行道上没有灯，但到处都是翻开的井盖，于是只能在马路的边缘借着车灯行进，吸入的柴油尾气比过去30年加起来还多……终于找到一家泰国餐馆，也是人满为患，只能和两个正说着缅甸话点菜的小伙子拼桌。他们一人拿一本菜单，就让我们干等，好吧，初来宝地，忍了……"这俩不是缅甸人吧？这么没素质……"仗着对方听

寺院里的小沙弥。在缅甸，男性一生中一般要剃度两次，到寺庙进行短暂修行

不懂，我和同事开始说他们坏话。等他们点完了菜，我接过菜单，没好气地说了句"Thank you"，也开始点菜。那两人就在对面聊起天来，"我刚从新加坡飞回来""那个生意不好做"云云，用的是……云南话……

我们悻悻地结账回酒店，直接要了个三轮车，结果又被宰了一刀，这是来缅甸十多天的第一回。

"这个城市充满了欲望。"我们恶狠狠地总结。夜深了，窗外不出意外地传来了劣质的卡拉OK声。"所以，接下来是该轮到泰式按摩吗？"我边接受蚊子轰炸边想，一夜无眠。

真是抱歉，也许我不应该对一座历史文化名城这么快地下一个结论，也许我应该去生鲜大早市猎奇，或者去华人修建的庙宇里烧一炷香。但酒店旁边每半小时打一次钟的"外国和尚庙"（本地华人口中的教堂）耗尽了我的精力。我后来索性去了附近一家餐馆，西方人络绎不绝，要了份炒饭，还要了个泰式鸡肉汤。本来期待的是香喷喷的一碗咖喱汤（如果不是冬阴功汤的话），结果人家直接端上来一碗鸡肉白菜面，面汤味道十足，

曼德勒古城边的护城河

"旅行嘛，把点菜看作一种历险吧……"旁边的瑞士女人安慰道。

这可不是我想象的末代王都。公元1287年，南下的蒙古大军将蒲甘（Bagan）城劫掠一空，缅甸历史上最著名的蒲甘王朝迅速走向崩溃，东部的掸族趁势进入中缅甸，建立起因瓦（Inwa）王朝，缅甸文学中一些最著名的作品即出于因瓦国的僧侣之手。18世纪，因瓦王朝为贡榜（Konbaung）王朝所灭，贡榜是缅甸历史上最后一个封建王朝，曾数次迁都，由最早的瑞波（Shwebo）到实皆（Sagaing），又从因瓦到阿玛拉普拉（Amarapura），终于在1859年来到曼德勒。

现在，这些古都被打包成曼德勒周边一日游的景点，供游人凭吊，虽然听着俗气，却也是躲避"柴油空气"的去处。阿玛拉普拉最近，古城常被遗忘，但1.2千米长、通体由柚木建成的乌本桥还在吸引着全世界的旅行者。据说乌本桥日落可与蒲甘的千塔日落相媲美，可惜我们到得太早，又没有时间等候，只看到桥下湖水浑浊，人与鸭子同游。捕捞上来的罗非鱼很快就被苍蝇包围，小孩子们脖子上挂着一大串死鱼，向每一个游客兜售而不断遭到拒绝。我觉得若有一种明信片，背面是此种不讨喜的场面，正面则是傍晚时分，头顶重物的缅甸女人从乌本桥走过的绝佳风景，会别有风味。

实皆山上有500座佛塔，还有更多的僧院，上山之路两旁全是僧院的围墙，辉煌是辉煌，却少了"深山藏古刹"的意境。实皆山不低，可从西边俯瞰伊洛瓦底江，这是我第一次清楚地看见这条大江，和两年前在腾冲见到的枯水期独龙江已是两条河流。我常常觉得，河流的迷人之处就在于它永续蔓延，却从不停止改变。

去因瓦的路上，经过一个村落，专事生产僧侣用的铁钵，须知全缅甸五分之三的僧人都居住在曼德勒。篱笆背后打铁之声不绝于耳，走进一户人家，眼看着工匠把一张张圆形铁片敲打成大小形状一模一样的钵，当地人介绍说全凭手感。更令我惊奇的是他们都如此年轻。穿过一片罗望子树林后，我们到达了因瓦。它曾是缅甸近四个世纪的古都，佛塔很多，马哈昂美僧院（Maha Aungmye Bonzan）是保存较完好的遗迹，已无人居住——这正是缅甸的妙处，不论何时，只要你愿意，就可以花几个小时一个人拥有一座佛塔或者寺庙（而到了蒲甘，你甚至可以坐拥一个王国）。走在砖砌的栈道上，用赤脚感知温度和时光，蜗牛爬过的痕迹银光闪闪。远处还有一座瞭望塔，已是严重倾斜，冒险攀登时甚至能感觉到它的震颤。在高处环顾因瓦，曾经的繁华已成牛羊吃草——那种曾经吓坏伊丽莎白小姐的灰白色南亚水牛，长得像犀牛的亲家，总有小鸟跳来跳去为它捉虫。

去过这些地方，也便理解了敏东（Mindon）国王为何要迁都曼德勒：古城离伊洛瓦底江太近了。在从前这或许是个便利，但英国的利炮坚船，借着水涨可以直达城墙之下，却是个巨大的威胁。但开明君主敏东王的革新并没有为缅甸赢得太多时间，迁都26年后，英国发动第三次英缅战争，占领曼德勒，敏东王之子锡袍王被俘，贡榜王朝灭亡。

来自英国的奥威尔也不喜欢曼德勒，"尘土飞扬，而且热得让人无法忍受，据说那里有五大特产，均是以字母P开头，即Pagoda（佛塔）、Pariah（流浪汉）、Pig（猪猡）、Priest（和尚）和Prostitute（妓女）。仰光一位朋友评价曼德勒的两点让我印象深刻：下水系统很糟，民族情绪很高。曼德勒的情绪我在仰光就感受到了，一个经常往返两地的活动家向我抱怨：曼德勒已经变成了一座中国城市，老城味道一去不返；以前来曼德勒的中国人尊重当地的风俗和宗教，现在来的人却奢侈浮夸……

我没有做过调研，但是记得某天在伊洛瓦底江边追逐落日时，曾路过一条臭气熏天的污水河，问当地人，污水排到哪里呢？对方指指不远处，"当然是江里了！"为了保护"母亲河"反对修建大坝，对她的污染却也熟视无睹，我感到这正是许多国家的通病。

离开曼德勒前一晚上，我又来到酒店附近那个熟悉的网吧，这里网速很快，不但有中文输入法，甚至还有QQ。上网的除了三个西方游客，其他都是亚洲面孔。我偷看了他们的屏幕，有几个人在用facebook，还有几个人在看爱情动作片。这时，一个美国女孩突然大声说了一句："希拉里要来缅甸了！"她刚刚看到这条新闻，表情兴奋，两眼放光，热切地期待回应，"这真是非常……非常……"她寻找着词汇，"非常重要啊！"

早上吃了酥脆的羊肉馅饼，有淡淡的咖喱味儿，据说是英国人留下的风味小吃，终于要出发去眉谬了。

向导提醒我们备好外套，"一会儿翻过那座山，温度马上就会降下来。"曼德勒是缅甸的热极，热季时超过40度是家常便饭，当地稍有条件的家庭，夏天就会去一个多小时车程外的眉谬避暑。那没条件躲避高温的呢？"去年（2010年）热死了几百个人，报纸上没写。"向导的父亲、一位祖籍云南和顺的老人说。

路上有不少吞吐着黑烟的大货车，这也是去云南瑞丽的必经之路，但它们很快被我们甩在身后，一同被甩掉的，还有笼罩在淡黄色雾霭里的曼德勒。盘旋上升一个小时后，我们已经离开伊洛瓦底江的冲积平原，行驶在海拔一千多米的林荫大道上。别墅和旅店低密度地掩映在道路两侧，空气里有松油的清凉气味，每栋别墅都有一个19世纪的主人、一条精心设计的排水沟和窗外适时开放的花朵。

这是殖民者的"小英国"，"你从一个有着典型东方气味的城市出发，逼人的烈日，蒙尘的棕榈，空气中弥漫着鱼、香料和洋葱的气味，到处都是烂熟的水果和黝黑的人群……"奥威尔这样描绘他从曼德勒到眉谬的旅行，"但你一踏上眉谬的土地就会感到不同。你突然就闻到了英格兰凉爽甘甜的空气，遍地绿茵、冷杉和欧洲蕨，脸颊红扑扑的山地女性向你兜售草莓。"

曾在仰光旅游局工作过的向导会错了意，带着我们奔波于一个个的"景点"，又四处寻找还没到季的新鲜草莓，等我们终于来到维多利亚女王赠送的钟楼下，就连为一栋被贴满白瓷砖的欧式建筑抱头痛哭的时间也没有了。好在那建筑只是孤例，这仿若时光倒流的街市仍有泛黄的色彩，马车停在路口，到处都是康妮妹妹的影子：那些留在这里的盎格鲁印度人属于另一个时代，他们不穿罗衣，每天早晨喝咖啡，下午喝茶，然后拄着拐杖，挨家挨户去讲述他们的故事。

然而这场景又是脆弱的，当几个暗绿色军装走过时——眉谬同时也是缅甸几个军事学院的所在地。说起来，这里已接近缅甸的"关外"，再往东往北就是广阔而不安定的掸邦高原。那里天空淡蓝，黄色的野花高高朝天，田埂在远处甩出波浪一样的形状，富有掸邦特色的巨大色块——绿的是甘蔗，黄的是水稻，枣红的是待耕土地，紫的不知道是什么，依次展开。从仰光到曼德勒之前，我们去了地处掸邦的东枝，对此种景致再熟悉不过。

我在茵莱湖畔休息了三天，每次在露台的躺椅上，想舒舒服服多读几页手里的书时，天色总是迅速地昏暗下来，头顶的灯光也随即邀来数不清的飞虫。最好的时光总是苦短，但或许有别的原因。

在少有机动船声骚扰的西南角，每天看着天光慢慢打开，从灰到灰蓝，再到明晃晃的白和蓝，然后傍晚又看着远处的云朵被慢慢染红，又被突然抽干颜色和光泽，再重新注入滚滚墨色，我已习惯与纳特们相处——这些天已经不怎么做梦了。

但在茵莱湖，我们第一次感受到了缅甸被寒露打湿的冬天。某个寒冷的晚上，梦见自己逃课了，我揣摩着这个梦的隐喻，感到真是可悲啊。也许生活真是太过密集了吧，好奇如果真的无所事事一整年（就像我们一直嚷嚷着那样），心里究竟会长出什么来。

短暂的冬季来临了，半夜，裹着被子继续读奥威尔——但我开始对弗洛里们不划算的"买卖"感到困惑了——这究竟是怎样一桩买卖呢？

此时的北缅好像被英国的魂魄附了体。野花遍地盛开——密林中的忍冬，气味如同落地梨子的野蔷薇，甚至还有树丛暗处的紫罗兰。太阳在低空中盘旋，夜间和清早都冷得冻人。从山谷中涌动出来的白色薄雾就像巨大的水壶沸腾出的蒸汽。人们出来捕猎鸭和鹬。鹬多得数也数不清，还有成群的大雁从浅滩上飞起，叫声仿似拉货的列车驶过铁桥。

清晨，你穿过薄雾笼罩、纷繁杂乱的荒野，空旷地面上的草湿淋淋的。夜里，当你穿过小路返回营地的时候，会碰见牧童赶着一群群水牛，水牛那巨大的犄角像月牙一般在薄雾中若隐若现。饭后，营火熊熊燃烧，

仰光，双手端着食物的居民在等待供养乞食的僧人。托钵乞食一直是小乘佛教的传统

你坐在近旁的原木上，一边喝着啤酒，一边聊着打猎的事儿。当你躺在床上的时候，可以听见露珠从树上滴落的声音，好似柔和的大雨声。倘若你还很年轻，无需考虑未来或是过去，这的确是很惬意的生活。

图片来源

特约摄影师：

阿尔及利亚	大食
古巴	茅晓玮
爪哇	姜晓明
不丹	达达ZEN
印度	大食
墨西哥	朱英豪
缅甸	姜晓明

供图：

Corbis Images   Panos Pictures   Reuters Pictures   AP Images

东方IC   Getty Images   Luis F Martinez   墨西哥旅游局

图书在版编目（CIP）数据

神的孩子都旅行 / 蒯乐昊主编. --北京：北京联合出版公司, 2015.3 (2015.9重印)

ISBN 978-7-5502-4688-1

Ⅰ.①神… Ⅱ.①蒯… Ⅲ.①游记－作品集－中国－当代 Ⅳ.①I267.4

中国版本图书馆CIP数据核字(2015)第022182号

神的孩子都旅行

主　　编：蒯乐昊
出　　品：北京全景地理书业有限公司
出 品 人：陈沂欢
策划编辑：董佳佳　陆特丹
责任编辑：陆特丹　李　伟
营销编辑：郭颖谦　张　然
图片编辑：吴　越
封面摄影：Mark Kolbe
装帧设计：何　睦

北京联合出版公司出版
（北京市西城区德外大街83号楼9层　100088）
北京华联印刷有限公司印刷　　新华书店经销
字数100千字　　720 毫米 × 960 毫米　1/16　13.5印张
2015年3月第1版　　2015年9月第2次印刷
印数8001－13000册
ISBN 978-7-5502-4688-1
定价：39.80元

中国国家地理·图书

CHINESE NATIONAL GEOGRAPHY

最好的时光在路上
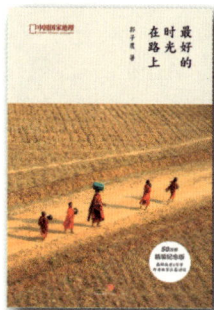

我们始终牵手旅行

带你出发，陪我回家

我有一个岛

斯里兰卡旅行指南

出国自助旅行指南
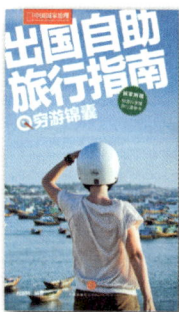

发现最世界

自在台湾
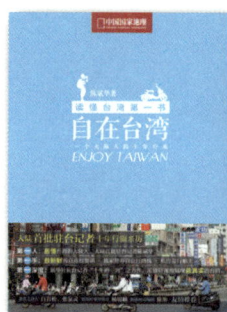

你的脚步走在你的心上

午夜降临前抵达

地道风物·广西

那时·西藏

投稿邮箱：cngbook@cng.com.cn